JOACHIM MASANNEK

Felix der Wirbelwind

DIE WILDEN FUSSBALL KERLE™

Die Deutsche Bibliothek – CIP-Einheitsaufnahme
Ein Titeldatensatz für diese Publikation
ist bei Der Deutschen Bibliothek erhältlich
ISBN 3-8315-0271-4

Lektorat: Gabi Strobel
Layout und Typographie: Jutta Hohl-Wolf
Printed in Austria
ISBN 3-8315-0271-4

Gesamtverzeichnis schickt gern: Baumhaus Buchverlag GmbH,
Juliusstraße 12, D-60487 Frankfurt am Main
http://www.baumhaus-verlag.de

5 4 03 04 05 2006

JOACHIM MASANNEK

Die Wilden Fußballkerle

Band 2

Felix der Wirbelwind

Illustrationen von JAN BIRCK

BAUMHAUS
VERLAG

INHALT

Die Wilden Kerle

Ähem! Entschuldigung? Ich heiße Felix. Felix Thörl. Vielleicht habt ihr ja von mir gehört.

Die meisten nennen mich ‚Asthmas', weil ich oft Asthma habe. Doch für die, die mich mögen, für die *Wilden Kerle* natürlich, bin ich ‚der Wirbelwind'.

Zum Beispiel für Fabi, dem schnellsten Rechtsaußen der Welt. Er ist immer gut drauf, und wenn du einen Rat brauchst, weil du in der Klemme steckst, dann gehst du am besten zu ihm. Fabi hat die frechsten Ideen, und mit seinem Lächeln danach erspart er dir sogar den Hausarrest. Oh Mann, Fabi ist wild! Aber Leon, sein bester Freund, ist noch wilder als er.

Leon, der Slalomdribbler, Torjäger und Blitzpasstorvorbereiter hat vor nichts Angst. Er tut nur das, was er will, und das, was er will, ist gewinnen. Dafür verzichtet er sogar auf ein mögliches Tor und spielt ab. Dafür kann er aber auch ganz rücksichtslos sein. Vor dem letzten Spiel hat er Joschka und Raban aus der Mannschaft geworfen. Sie waren nicht gut genug, hat er gesagt.

Das würde Marlon nie machen. Marlon ist Leons älterer Bruder, und auch er gibt nie auf. Aber Marlon würde niemals rücksichtslos sein. Er ist die Nummer 10, das Herz unserer Mannschaft, und alles, was er tut, tut er für uns. Er spielt den genialen Pass in den Raum, hilft aus in der Abwehr oder im Sturm, und obwohl er überall ist, wo man ihn braucht, sieht man ihn nicht. Marlon spielt so, als hätte er eine Tarnkappe auf.

Da ist Juli ganz anders: Juli „Huckleberry“ Fort Knox, die Viererkette in einer Person. Mit ihm sind wir drei Mann mehr auf dem Platz. Das glauben auf jeden Fall unsere Gegner. Sie laufen

zum Schiedsrichter und beschweren sich.
Sie behaupten, sie würden von Juli auf allen vier Seiten umstellt. Sie behaupten, wir seien zehn Mann auf dem Platz, doch wenn der Schiedsrichter nachzählt, sind wir immer nur sieben. Ha! Und Juli hat meistens den Ball.

Dann spielt er zu Marlon und der schlägt wie Lothar Matthäus einen weiten Pass nach rechts vorn. Dort startet Fabi, rast die Außenlinie entlang, sucht Leon und der macht meistens das Tor. Oder er wird in letzter Sekunde gefoult. Dann stöhnt Leon auf. Er wälzt sich wild hin und her, doch wenn man ganz genau hinschaut, sieht man, dass er insgeheim grinst.

Denn jetzt kommt Maxi nach vorn. Maxi „Tippkick“ Maximilian, der Mann mit dem härtesten Schuss der Welt. Und das sage ich euch, Maxi redet nicht viel. Eigentlich redet er gar nicht. Seitdem ich ihn kenne,

redet er nicht, selbst wenn er telefoniert. Doch wenn er zum Freistoß kommt oder zum Schuss, lächelt er sein berühmtes, lautloses, grinsendes Lächeln und dann katapultiert er den Ball notfalls mit dem Torwart zusammen ins Netz.

„BÄÄNG!", rufen wir dann alle zusammen. Und „RRAAA!" rufen wir, wenn er trifft, und am lautesten von uns allen ruft Raban.

Raban, der Held. Raban spielt Fußball wie ein Blinder, der Fotograf werden will. Da hat Leon mit Sicherheit Recht, doch darauf kommt es nicht an. Selbst als ihn Leon aus der Mannschaft geworfen hat, hat Raban zu uns gehalten und, verflixt, er hat es uns allen gezeigt. Wir hatten schon alles verloren: das überlebenswichtige Match, den Bolzplatz und Ehre und Stolz, da hat Raban Willi zurückgebracht und dann schoss er auch noch das alles entscheidende Tor.

Seht ihr, selbst so einer wie Raban ist wichtig. Das wissen wir jetzt. Er ist ein treuer und unersetzbarer Freund, genauso wie Joschka, die siebte Kavallerie. Joschka ist Julis jüngerer Bruder, und er ist gerade erst sechs. Trotzdem hat er uns am Ende gerettet. In letzter Sekunde brachte er Socke, das ist Leons und Marlons Hund, der mit den großen Fledermausohren, und hat mit ihm den Dicken Michi verjagt.

Oh Mann, das war der Hit! Habt ihr schon mal gesehen, wie eine hundert Kilo schwere Qualle versucht, über einen Holzzaun zu hüpfen? Darüber lachen wir uns heute noch tot, und seitdem wissen wir auch, dass wir alle zusammengehören.

Nur ich weiß das nicht. Ich, Felix, der Linksaußen und Wirbelwind. Denn ich habe Asthma, und das wird von Tag zu Tag schlimmer. Es wird schlimmer, seitdem mein Vater nicht mehr zu Hause wohnt, und irgendwann, ja, das weiß ich bestimmt, bin ich so schlecht, dass man mich aus der Mannschaft wirft.

Und die Konkurrenz wächst. Jetzt gibt es schon zwei Neue im Team. Markus, den Unbezwingbaren, und Jojo, der mit der Sonne tanzt, und die sind beide so gut. Wer gegen Markus ein Tor schießt, kommt ins Guinnessbuch der Rekorde, und Jojo spielt als Linksaußen für mich, wenn bei mir, weil ich Asthma hab, gar nichts mehr geht. Ja, so ist das nun mal und dagegen kann selbst Willi nichts machen.

Willi ist unser Trainer. Er ist der beste Trainer der Welt, und weil er das ist, sind die *Wilden Kerle* auch die beste Fußballmannschaft, die es überhaupt gibt. Auf jeden Fall möchte ich bei keiner anderen spielen. Nur dann ist die Welt in Ordnung für mich.

Aber die Welt ist nicht in Ordnung. Das könnt ihr mir glauben. Überall lauern Gefahren, und sie schlagen einem immer dann ins Gesicht, wenn man sich am sichersten fühlt. Das mussten wir dieses Mal lernen und dieses Mal, das sage ich euch, hat es uns eiskalt erwischt. Dieses Mal wurde es ernst und wenn ihr dieses Buch lest, macht euch darauf gefasst. Das hier ist keine Kindergeschichte. Das hier ist wirklich, gefährlich und wild.

Zuerst kam ein neuer Schüler in unsere Klasse: Rocce, der Zauberer, der Sohn eines brasilianischen Fußballstars. Und dieser Junge, das könnt ihr mir glauben, war nicht unser Freund. Nein, ganz im Gegenteil: er wurde zu unserem Feind, und plötzlich wurde die Existenz der *Wilden Kerle* bedroht.

Es gab uns plötzlich nicht mehr. Plötzlich waren wir nichts und unsere Gegner, die das behaupteten, waren niemand anderes als die *Bayern*. Hört mir ganz genau zu: Ich spreche vom *FC Bayern*, der erfolgreichsten Fußballmannschaft der Welt.

Wie sollten wir uns gegen die wehren? Wie sollten wir verhindern, dass wir, die *Wilden Kerle*, uns in alle Winde zerstreuen und nie wiedersehen? Wir waren ganz allein, wisst ihr, denn Willi, unser Trainer, ließ uns einfach im Stich.

Der Anfang vom Ende

Dabei fing alles so wunderbar an. Die Zeit nach den Osterferien war einfach prächtig. Raban, der Held, schwebte drei Meter hoch in der Luft. Wie ein roter, gelockter Luftballon mit einer Coca-Cola-Glas-Brille flog er über uns her und erzählte jedem, dem er begegnete, die Geschichte von unserem Sieg:

„Oh Mann, das wirst du nicht glauben. Aber wir lagen null zu sieben zurück. Ja wirklich, in echt, gegen diese Mistkerle von *Unbesiegbaren Siegern* und die waren nicht nur größer, breiter und schwerer als wir. Die hatten sich ihre Gesichter beschmiert, verflixte Hühnerkacke, als wollten sie uns alle skalpieren. Doch dann hab ich Willi geholt, und dann hat es nur noch gekracht. Wir haben sie fertig gemacht! Und dann hab ich sie, ja ich, und zwar mit links, mit meinem schwächeren Fuß, für immer in die ewigen Jagdgründe geschickt. DABAMM!"

Bei dem „DABAMM!" lachten wir los, und wir ließen Raban erzählen, obwohl er keinen schwächeren Fuß hat. Wenn man einen schwächeren Fuß haben will, muss man auch einen stärkeren haben, und den hatte Raban halt nicht. Trotzdem, der Rest, der war wahr und uns ging es prächtig. Wir hatten die *Unbesiegbaren Sieger* besiegt und unseren Bolzplatz verteidigt. Doch was noch viel wichtiger war: Wir hatten uns von ein paar herumkickenden Jungen in eine echte Fußballmannschaft verwandelt. Wir waren größer, erwachsener und unzertrennlich geworden, und genau so, das dachten wir damals, würde es auch für immer sein.

Doch wenn ihr mich heute fragt, sage ich euch, war das bereits der Anfang vom Ende. Wir wussten es nur noch nicht, oder besser gesagt: Wir wollten es einfach nicht wissen. Wir stellten uns blind, träumten wieder wie Kinder und ruhten uns viel zu lange auf unseren Lorbeeren aus.

Als erstes saßen wir Maxis Hausarrest ab. Zwanzig Tage hatte sein Vater ihm aufgebrummt. Zwanzig Tage, verflixt, wisst ihr, was das für einen neunjährigen Jungen bedeutet? Ich kann es euch sagen: Das bedeutet lebenslänglich für ihn. Lebenslänglich und noch viel länger. Und das nur dafür, weil Maxi zuerst mit dem Fußball und dann mit dem Globus die beiden Wohnzimmerfenster in der piekfeinen Alten Allee Nr. 1 mit mittelgroßen Löchern versah. Dass der Globus Maxis Vater dann noch direkt am Kopf traf, war einfach Pech.

Doch Maxis Vater sah das leider ganz anders. Wisst ihr, er ist ein Banker und kein *Wilder Kerl*, und in einer Bank bekommt man für das Zerschießen von Fenstern halt lebenslänglich verpasst. Daran konnten wir einfach nichts ändern. Das Einzige, was wir tun konnten, war unzertrennlich zu sein und Maxis Strafe mit ihm zu teilen.

Zwanzig Tage durch zehn, das gab zwei Tage für jeden von uns. Zwei Tage Hausarrest, das schien uns allen erträglich. Doch für Fabi, der Hausarrest hasste, waren das immer noch zwei Tage zuviel. Und weil Fabi immer Rat wusste, wenn es eng und aussichtslos wurde, hatte er auch dieses Mal einen Plan.

Am ersten Tag nach den Osterferien gingen wir alle zehn sofort nach der Schule in die piekfeine Alte Allee Nr. 1.

Zu zehnt marschierten wir an Maxis sprachloser Mutter vorbei. Die hatte selten so viele Kinder und erst recht noch nie so viele *Wilde Kerle* auf einen Haufen gesehen. Zu zehnt grüßten wir nett, schauten in ihr versteinertes Gesicht, hofften, dass sie bald wieder Luft holen konnte, stapften die blank gebohnerte Treppe hinauf, die danach leider nicht mehr ganz so blank war, und verschwanden im Kinderzimmer.

Dort stand immer noch das Barbiepuppenhaus von Maxis kleiner Schwester, doch das störte uns nicht. Fabi steckte die Barbies in den Papierkorb und Julia, Maxis heulender Schwester, steckte er zwei Kopfkissen in die Hände. Dann erklärte er ihr, was ein Cheerleader ist. In der Zwischenzeit bauten wir das Puppenhaus in ein Fußballstadion um, rollten das Tipp-kick-Fußballfeld aus und begannen unser Turnier. Das heißt, eigentlich war das kein richtiges Turnier. Eigentlich ging es nur darum, so viele Tore wie möglich zu schießen. Denn das hatte Fabi geplant: bei jedem Tor musste Julia tanzen.

Am Anfang fand sie das überhaupt nicht so lustig. Sie heulte und schniefte und benutzte die Kopfkissen in ihrer Hand nur, um sich den Rotz von der Nase zu wischen. Doch Fabi war ein sehr geduldiger Lehrer. Immer wieder erklärte er ihr, was sie tun müsste, um ein richtiger Cheerleader zu sein. Und schließlich machte es Julia Spaß. Sie wirbelte die Kopfkissen durch die Luft, drehte sich im Kreis und hüpfte und sprang.

Sie hüpfte und sprang immer höher und wilder und schließlich sprang sie nicht mehr nur in die Luft. Sie sprang auf das Bett, nutzte den Schwung der Matratze und donnerte auf den Boden zurück, dass dieser erbebte. ‚Bumm!' Julia lachte und jauchzte dabei, doch unter uns erbebte die Wohnzimmerdecke:

‚Bumm!' Und genau das hatte Fabi geplant ...

‚Bumm!', erbebte die Wohnzimmerdecke und ‚Klirr!' erzitterte der große Kristallleuchter über dem Wohnzimmertisch. An dem saß aber niemand anderes als Maxis Vaters und versuchte, seine Zeitung zu lesen. ‚Bumm!', störte es ihn, und ‚Klirr!', zerrte es immer wieder an seinen Nerven. Es war nur eine Frage der Zeit, bis ihm der Kragen platzte, und genau das hatte Fabi geplant.

Maxis Vater sprang auf, stürmte die Treppe hinauf und stand dann mit dem düsteren Vorsatz, den Hausarrest seines Sohnes einmal mehr zu verlängern, vor uns in der Kinderzimmertür.

„Ich denke, meine Herren, das ist ...!“, wollte er uns die Köpfe abreißen, als es ihm die Sprache verschlug. Wir saßen alle mucksmäuschenstill auf dem Boden und schauten ihn an. Nur Julia sprang zwischen uns wild auf und ab und jauchzte und schrie: „*Wilde Kerle* vor, schießt doch noch ein Tor!“

Maxis Vater stand vor uns wie ein Henker, der sein eigenes Beil verschluckt hat, nur um seine herzallerliebste Tochter nicht zu erschrecken. Ihr konnte er einfach nicht böse sein und genau das hatte Fabi geplant.

„Ist sie nicht süß?“, grinste er Maxis Vater an. „Herr Maximilian, wir haben es einfach nicht übers Herz gebracht, es ihr zu verbieten.“

Die Augen von Maxis Vater verengten sich unheilvoll, als sie seine Tochter verließen und Fabi fixierten. Doch der blieb ganz cool.

„Aber vielleicht schaffen Sie das ja, Herr Maximilian!“, sagte er mit zuversichtlicher Miene. „Wissen Sie, dieses Gehüpfe geht uns nämlich schon seit endloser Zeit auf die Nerven!“

Julia erstarrte und fing an zu heulen.

„Oh, nein! Das ist gemein! Papilein! Die sind gemein!“, schluchzte sie und schlang ihre Ärmchen um die Beine ihres Vaters herum. Der war jetzt zu allem bereit, der wollte Fabi jetzt töten, doch seine Waffe, sein Henkersbeil, steckte ihm leider noch immer im Hals.

Fabi holte tief Luft.

„Sehen Sie, Herr Maximilian!“, seufzte er. „Genau dieses Gejammer und Geheule wollten wir ihrer reizenden Tochter ersparen.“

Für einen Moment war es totenstill. Selbst das Gejammer und Geheule von Maxis Schwester wurde von dieser Stille verschluckt. Dann würgte sich die Stimme von Maxis Vater an dem Henkersbeil, das in seinem Hals steckte, vorbei und wir vernahmen ein gurgelndes: „Raus!“

„Wie bitte?“, fragte Fabi höflich, aber sehr verblüfft nach.

„Raus!“, erklang es jetzt schon viel deutlicher.

„Aber wir haben doch Hausarrest!“, widersetzte sich Fabi. Doch Maxis Vater wollte von Hausarrest nichts mehr wissen. Wie ein Schwertschlucker spuckte er das Henkersbeil aus.

„Raus! Der Hausarrest ist zu Ende!“, befahl er jetzt unmissverständlich. Einen Augenblick später stürmten wir aus dem Haus, rannten die Straße hinauf und hielten erst an, als wir außer Hörweite waren. Dann platzte das Lachen aus uns heraus.

Wir lachten mindestens eine halbe Stunde lang. Danach liefen wir alle dorthin, wohin wir schon die ganze Zeit wollten.

Zum Bolzplatz und zu Willis Kiosk. Den hatten die *Unbesiegbaren Sieger* zerstört, und den mussten wir jetzt wieder aufbauen. Oder besser gesagt: Eigentlich hätten die *Unbesiegbaren Sieger* ihn wieder aufbauen müssen. Das war ein Teil unserer Abmachung gewesen. Doch der Dicke Michi, Fettauge, Krake und Kong und wie diese Mistkerle sonst noch so hießen, dachten gar nicht daran, und wir konnten Willi doch nicht im Stich lassen.

Die nächsten Tage und Wochen waren sorglos, lustig und schön. Wir reparierten den Kiosk, spielten Fußball und in den Pausen erzählte uns Willi immer wieder alles über Gerd Müller, Maradonna, Franz Beckenbauer oder Pelé. Dann schlossen wir unsere Augen. Wir träumten davon, selbst einmal Fußballprofi zu sein und in den großen, ausverkauften Arenen der Welt um die Weltmeisterschaft zu spielen. Ja, ganz genau. Das war der Traum von jedem von uns, und jeder von uns glaubte ganz fest daran, dass dieser Traum auch wahr werden würde. Wir waren doch schon so nah dran, dachten wir. Aber leider Gottes schlossen wir unsere Augen nicht nur, um zu träumen. Wir verschlossen sie auch vor der Realität.

Ich hab es euch doch schon gesagt. Wir befanden uns mitten am Anfang vom Ende. Selbst Raban, der wie ein roter Luftballon über uns flog und jedem die Geschichte unseres Sieges erzählte, ja, selbst Raban ging langsam die Luft aus. Die Geschichte unseres Sieges wurde langweilig und schal und Willi gähnte immer öfter, wenn er sie hörte.

Einmal fragte er uns, was ein Indianer ohne Kriegspfad oder Büffeljagd ist, und wir schauten ihn an, als käme er geradewegs aus einer Minigolfmannschaft vom Mars. Dann wollte er wissen, wie wir Luke Skywalker fänden, wenn er sich vor Darth Vader versteckt, und wir lachten ihn aus: So was tut ein Luke Skywalker nicht. Ein drittes Mal fragte er uns, ob es den *FC Bayern* noch geben würde, nachdem man die Bundesliga und die Champions League abgeschafft habe.

Doch wie gesagt, wir verstanden nicht, was er meinte. Wir wollten es nicht verstehen und deshalb rannten wir direkt in die größte Gefahr. Eine Gefahr, die die Existenz der *Wilden Kerle* bedrohte, die unsere Träume zerstörte und die uns all das nehmen sollte, was uns wichtig war.

Rocce

Der Tag nach den Pfingstferien war der Tag, an dem sich diese Gefahr zum ersten Mal zeigte. Der erste Tag nach den Ferien ist schon schlimm genug, finde ich, aber ich hatte die ganze Nacht durchgehustet und deshalb am Morgen verschlafen. Ich war, das könnt ihr euch denken, gar nicht gut drauf. Und als ich zu spät an der Schule ankam, ahnte ich immer noch nichts, schlüpfte ahnungslos ins Klassenzimmer und lief direkt auf meinen Platz zu. Doch mitten in der Bewegung erstarrte ich.

Der Stuhl zwischen Leon und Fabi, mein Stuhl, war besetzt. Fassungslos starrte ich auf den kupferhäutigen Jungen mit den pechschwarzen Haaren. Dann hörte ich die Stimme des Lehrers, der hinter mir stand: „Rocce kommt aus Brasilien. Sein Vater arbeitet hier. Er wurde für die neue Saison beim *FC Bayern* verpflichtet.“

Ein Raunen ging durch die Klasse. Besonders Leon, Juli und Fabi schauten den Jungen auf meinem Stuhl ehrfurchtsvoll an.

„Wow!“, staunten die meisten, doch Leon und Fabi gaben sich ein lautes High Five: „Hey! Was hab ich gerade gesagt!“, lachte Fabi begeistert. „Er ist der Sohn eines Fußballgotts.“

Rocce lächelte stolz, als er das hörte, doch niemand sah mich. Selbst der Lehrer schien nicht zu bemerken, dass ich mitten im Gang herumstand.

„Ich wusste doch, dass euch das interessiert“, lächelte er. „Aber ich schlage vor, dass ihr die wichtigen Dinge des Lebens gleich in der Pause besprecht.“

Dann schrieb er das Wort Brasilien an die Tafel.

„Sprechen wir doch über Brasilien“, sagte er in dem Ton, in dem Lehrer Vorschläge machen, die man nicht ablehnen kann. Ich hatte absolut keine Lust, über Brasilien zu reden. Aber wie sollte unser Lehrer das wissen, wenn er mich noch nicht einmal sah.

„Wer von euch weiß etwas über das Land, aus dem Rocce kommt?“, fragte er und drehte sich zu uns zurück. „Ich meine natürlich, außer dass man da Fußball spielt.“

Wohlwollend lächelte unser Lehrer in das Schweigen der Klasse hinein. Niemand hatte ihm zugehört. Niemand außer mir.

„In Brasilien sitzen die Leute bestimmt auf dem Boden“, antwortete ich bissig wie eine Schlange.

Jetzt sahen mich alle. Ich stand immer noch mitten im Gang. Rocce runzelte seine Stirn und schätzte mich feindselig ab. Aber auch unser Lehrer fand meine Bemerkung nicht gut.

„Oh, guten Morgen, Felix!“, sagte er. „Kannst du uns das bitte erklären?“

„Aber natürlich!“, antwortete ich immer noch bissig. „Offensichtlich gibt es keine Stühle in Brasilien. Sonst hätte Rocce mir bestimmt nicht den Stuhl geklaut.“

„Oh!“, sagte der Lehrer noch mal und begriff endlich, was mir auf dem Herzen lag. Er schaute zu Leon und Fabi, zwischen denen Rocce auf meinem Platz saß. „Ich dachte, ihr hättet den Platztausch mit Felix besprochen?“

Fabi und Leon zupften verlegen an ihren Schnürsenkeln herum.

„Ich verstehe“, nickte der Lehrer. „Klärt das bitte gleich in der Pause. Solange setzt du dich neben Raban, Felix, hast du gehört?“

Natürlich hatte ich das gehört. Mit einem giftigen Blick auf Leon und Fabi ging ich zum freien Stuhl neben Raban und wollte mich hinsetzen. Doch Rocce kam mir zuvor.

„Hallo, Felix!“, sagte er, „Du bist doch Felix der Wirbelwind, oder?“ Jetzt lächelte er sogar ganz freundlich. „Weißt du, das mit dem Stuhl tut mir Leid.“

Ich starrte ihn an, ignorierte sein Lächeln, drehte mich um und setzte mich zwischen Leon und Fabi auf meinen inzwischen wieder freien Platz, den Rocce für mich verlassen hatte.

„Hey, was ist denn los?“, fragte Leon. „Wir haben halt gedacht, du bist krank.“

„Ja, verflixt!“, seufzte Fabi. „Und es tut uns fürchterlich Leid. Ehrenwort, Felix!“

Doch ich pfiff auf sein Ehrenwort. Ich schlug meine Bücher auf und starrte auf die langweiligen Bilder.

„Rocce ist echt schwer in Ordnung!“, startete Juli in der Reihe hinter mir noch einen Versuch. „Er kommt heute zum Training, ist das nicht cool?“

„Ach ja?“, antwortete ich so bissig, wie ich nur konnte. „Wer kommt zum Training? Rocce oder sein Vater?“

Ich blitzte Rocce jetzt an.

„Ich mein, dein Vater ist doch der Fußballprofi, nicht du, hab ich Recht? Also, woher sollen wir wissen, dass du überhaupt spielen kannst?“

Rocce runzelte seine Stirn und schaute zu Leon und Fabi.

„Hey! Das ist doch gar nicht so wichtig!“, rief Raban. „Rocce ist nett, und er hat hier überhaupt keine Freunde.“

„Ja und?“, zischte ich. „Dann spiel doch in der Pause mit ihm!“

Jetzt war es still. Selbst der Lehrer war sprachlos und dachte nicht mehr daran, mit dem Unterricht zu beginnen.

„Tut mir Leid“, sagte Leon zu Rocce, „aber Felix ist nicht jeden Tag so. Er hat nur die Muffe gekriegt und macht sich vor Angst in die Hosen, dass du ihn aus der Mannschaft wirfst. Habe ich Recht?“

Oh, Mann, das saß, doch das gab ich natürlich nicht zu. Ich starrte nur aus dem Fenster. „Ihr könnt mich mal alle!“, brütete ich. „Dieser Rocce wird bestimmt nie mein Freund. Dieser Rocce ist auch nicht nett oder in Ordnung. Das werdet ihr alle noch sehen. Dieser Rocce ist einfach nur arrogant!“ Ja, genau das dachte ich. Davon war ich fest überzeugt, und es dauerte gar nicht lange, da wussten sie alle: Felix hat Recht.

Rocce, der Zauberer

Als ich an diesem Nachmittag zum Bolzplatz kam, waren alle anderen schon da. Alle außer Rocce. Sie saßen im Kreis um Willi herum und schwärmten vom brasilianischen Wunderkind. Von wem denn auch sonst? Jojo und Markus, die beide auf andere Schulen gingen als wir und Rocce deshalb nicht kannten, kamen aus dem Staunen nicht mehr heraus.

„Wow!“, raunte Jojo. „Der Sohn vom Ribaldo, ist das echt euer Ernst?“

Und Markus pfiff durch die Zähne.

„Wenn der nur halb so gut spielt wie sein Alter, dann ist er ein Gott!“

Ich verdrehte die Augen.

„Ein Gott? Dass ich nicht lache! Warum versteckt er sich dann?“

Die anderen schauten verblüfft zu mir hoch, und Willi runzelte sogar seine Stirn.

„Ja. Ganz genau! Wetten, dass er nicht kommt!“, hetzte ich weiter. „Er traut sich nämlich nicht! Er hat Angst, weil er in Wirklichkeit gar nicht gut ist.“

In diesem Moment klopfte mir jemand auf die Schulter.
„Hallo, Felix!“, sagte Rocce, lief an mir vorbei und setzte sich zu den andern. Er wurde begeistert begrüßt.
„Hey, Rocce!“
„Klasse, dass du da bist!“
„Oh, Mann! Ist das Trikot scharf!“
„Und was sind das denn für Schuhe?“
Rocce trug ein brasilianisches Nationalmannschaftstrikot und seine Schuhe waren golden lackiert. Sie blendeten fast.
„Die hab ich von meinem Vater“, sagte er stolz, und ich verdrehte die Augen. „Oh, Mann! Was für ein Angeber!“, dachte ich nur.
Aber die anderen dachten das nicht. Willi stand sogar auf, so was hatte er bisher für keinen von uns getan, und gab Rocce die Hand.
„Du bist also Rocce!“, sagte er, da traf ihn mein Ball vor die Brust. Verwundert schaute Willi zu mir. Ich blitzte ihn an.
„Worauf warten wir noch?“, forderte ich. „Ich bin hier zum Trainieren!“
Willis Blick wanderte von mir zu Rocce zurück. Er schob seine Mütze in den Nacken und kratzte sich an der Stirn. Das tat er immer, wenn er nachdenken musste.
„Ähem, ich verstehe. Also gut. Wir spielen vier gegen zwei. Die vier außen sind Fabi, Leon, Rocce und Felix. In der Mitte spielen Raban und ich.“
Ich ballte die Fäuste und presste die Lippen zusammen.

Rocce und ich zusammen in einem Team. Das hatte ich mir bestimmt nicht so vorgestellt. Doch Willis Blick ließ keinen Widerspruch zu.

„Okay. Abgemacht!“, trotzte ich. „Wie viele Pässe?“

„Sieben!“, antwortete Willi. „Wenn ihr sieben Pässe spielt, ohne dass Raban oder ich an den Ball kommen, habt ihr einen Punkt. Andernfalls gehört der Punkt uns und mit drei Punkten hat man gewonnen.“

Ich schaute zu Rocce, als wär er mein Feind.

„Sieben Pässe. Hast du gehört?“

„Ja, sieben“, nickte er, „Ich hab verstanden.“

„Gut! Dann ist alles klar!“, schoss ich zurück und hob den Ball auf. „Ach ja, und noch eins, Rocce!“, sagte ich dann. „Bei uns hat die Mitte noch nie gewonnen.“

Ich lief hinaus auf den Platz, ließ den Ball fallen und wartete, bis sich alle aufgestellt hatten. Leon, Fabi, Rocce und ich standen im Abstand von sechs Metern in einem Karree. Raban und Willi lauerten in der Mitte. Der erste Pass war noch leicht, doch dann hieß es, sich zu bewegen. Dann stürzten sich Willi und Raban auf uns. Dann mussten die Pässe schnell und präzis gespielt werden, um zu gewinnen. Doch das wollte ich gar nicht. Ich wollte, dass wir wegen Rocce verlieren. Deshalb spielte ich den ersten Pass sofort zu ihm. Ich spielte ihn scharf und halbhoch. Das war gegen die Regel, doch ich wollte, dass er schon beim ersten Ballkontakt das Leder an Raban verliert. „Oh, mein Gott! Ausgerechnet an Raban!“,

dachte ich. „Das wär der Hit!“ Dann wäre Rocce blamiert, und ich würde meinen Platz in der Mannschaft behalten.

Ja! So einfach gab ich nicht auf, das sollten sie sehen, und es lief alles nach Plan. Raban sah den Pass, den ich schlug, und rechnete mit demselben Ergebnis. So einen Ball konnte man einfach nicht stoppen. Deshalb stürzte sich Raban auf Rocce, um den Abpraller abzufangen. Doch Raban grätschte ins Leere. Rocce pflückte den Ball mit dem großen Zeh aus der Luft, als hätte ihn jemand mit Sekundenkleber beschmiert, lupfte ihn auf den Oberschenkel, spielte ihn über Raban hinweg, nahm ihn mit links und schob ihn lässig an dem ihn attackierenden Willi zu Fabi vorbei.

Doch weder Fabi noch Leon rührten sich von der Stelle. Sie waren genauso verdattert wie ich.

„Verflixte Hühnerkacke!“, rief Raban, „Das war echt wild!“

„Nein! Das war reine Magie!“, rief Fabi, lief endlich zum Ball und passte ihn weiter zu Leon.

„Drei!“, zählte er laut.

Leon nahm den Ball an, und ich lief mich frei.

„Hier!“, rief ich ganz laut, doch Leon passte zu Fabi zurück, und der spielte, obwohl ich wieder „Hier!“ rief und frei war, zu Rocce.

„Fünf!“, riefen Fabi und Leon gleichzeitig, doch Rocce stand gar nicht frei. Er stand zwischen Willi und Raban und die griffen ihn sofort an. Der Platz, der Rocce jetzt blieb, war kleiner als eine Briefmarke. Trotzdem blieb er ganz cool. Er trat auf den Ball, schob den Hintern nach hinten, dreht sich einen Viertelkreis um sich selbst, rief „Fabi! Pass auf!“, hob den Ball senkrecht in die Höhe und köpfte ihn mit dem Hinterkopf zurück zu mir.

„Sechs!“, rief er und „Felix, los mach den siebten!“

Doch ich bewegte mich nicht. Ich staunte mit offenem Mund, und das machte mich nur noch wütender. Ich wollte und konnte nicht zugeben, dass ich mich in Rocce geirrt hatte. Ich wollte nicht, dass er so ein guter Fußballer war.

„Verflixt! Felix! Jetzt spiel endlich ab!“, rief Fabi. Ich schaute ihn verdutzt an. Dann suchte ich nach dem Ball. Ich konnte ihn einfach nicht finden.

„Oh, mein Gott!“, platzte Leon. „Bist du blind? Er liegt direkt vor deinen Füßen!“

Leon hatte Recht. Ich wurde ganz rot, so schämte ich mich. Unsicher hob ich den Fuß. Leon stand frei. Der siebte Pass war ein Kinderspiel. Da grätschte Raban in meinen Schuss.

„Eins zu null für die Mitte!“, rief er triumphierend, und Fabi und Leon fassten sich an den Kopf.

„Oh, Mann, Felix! Was ist denn los mit dir?“

Ich schaute hilfesuchend zu Willi, doch der sagte nichts. Er musterte mich nur erwartungsvoll. Aber ich konnte nichts tun. Ich schämte mich. Statt Rocce hatte ich den Ball an Raban verspielt, und das machte mich um so wütender. Jetzt war ich nicht mehr wütend auf Rocce. Jetzt war ich wütend auf mich.

„Los! Machen wir weiter!“, trotzte ich, nahm den Ball und spielte ihn dieses Mal sauber zu Leon.

„Eins!“, rief ich, um mir selbst Mut zu machen, doch der Pass war zu kurz

„Felix! Verflixt!“, schimpfte Leon, kam in letzter Sekunde vor Raban zum Ball und passte ihn weiter zu Fabi. Der spielte zu Leon zurück, und der schoss direkt zu Rocce.

„Vier!“, rief ich laut.

Doch der Pass war zu ungenau. Willi lief in ihn rein. Er würde ihn abfangen. Das war ganz sicher. Da grätschte Rocce vor Willi zum Ball, hob das Leder mit dem linken Fuß auf und tippte ihn mit dem rechten Außenriss zu mir.

„Das ist doch unmöglich!“, dachte ich und stoppte den Ball verdattert mit rechts. „Nur keinen Fehler machen!“, schoss es mir durch den Kopf. Deshalb legte ich mir den Ball vor, umlief meinen linken, schwächeren Fuß und wollte mit rechts passen. Doch ich war viel zu langsam, und wieder war Raban vor mir am Ball.

„Zwei zu null für die Mitte!“, rief er und ich suchte nur noch nach einem Loch im Rasen, in das ich hineinkriechen konnte.

Da kam Rocce zu mir.

„Felix?“, fragte er höflich. „Kann ich dir etwas sagen?“

Ich blitzte ihn an.„Und was, bitte schön?“

Doch Rocce hielt meinem Blick stand.

„Ich stopp den Ball immer mit meinem schwächeren Fuß. Dann kann ich ihn mit dem starken sofort spielen.“

Er legte den Ball mit links vor und passte ihn mit rechts blitzschnell zu mir.

„Siehst du?“, lächelte er, doch ich starrte ihn aufgebracht an. „Was redet der von einem schwächeren Fuß?“, dachte ich. „Wenn man so spielt wie der, hat man fünf rechte Füße!“

Da nahm Rocce den Ball.

„Jetzt wird es ernst!“, rief er den andern zu. „Die nächsten drei Punkte machen wir, ist das klar?“

Ich schluckte nervös, doch Rocce ließ mir keine Zeit. Schon rollte das Leder zu Leon, der spielte einen Doppelpass mit

Fabi, und dann kam der Ball auch schon zu mir. „Dieses Mal muss ich es schaffen", dachte ich, doch dann sah ich Raban und Willi, und die kamen direkt auf mich zu. Automatisch ging mein rechter Fuß an das Leder. „Nein, das ist falsch!", schoss es mir durch den Kopf, und ich zog mein Bein wieder zurück. Doch das war ein Fehler! Der Ball rollte durch meine Beine hindurch und, oh, mein Gott, was sollte ich tun? Ich hatte mich selber getunnelt. Da drehte ich mich blitzschnell herum, schob meinen Körper zwischen die Kugel und Raban, blockte ihn ab, stoppte mit links und passte mit rechts blitzschnell zu Rocce.

„Wow!", rief der. „Das war ja noch besser!"

Ich strahlte und rief ganz laut „Fünf!"

Danach war alles ganz leicht. Leon und Fabi machten den Punkt, und auch den nächsten Durchgang konnten wir mit sieben Pässen für uns entscheiden. Es stand zwei zu zwei. Jetzt kam der alles entscheidende Satz. Leon begann. Er spielte zu Rocce, und der passte zu mir. Es lief wie am Schnürchen. Raban rutschte immer wieder ins Leere, und beim fünften gelungenen Pass begann er, wie ein Rohrspatz zu schimpfen.

„Das ist doch ungerecht!", rief er. „Rocce ist viel zu gut!"

Doch Willi sah das ganz anders. Er drehte jetzt auf und zeigte sein Können. Für einen Moment waren wir baff. Wir hatten ihn noch nie so gut spielen sehen. Willi war sogar besser als Rocce, obwohl er ein Hinkebein hatte, und deshalb machten wir nur mit Mühe die Sechs. Ein Pass noch und wir

hatten gewonnen. Doch das war gar nicht so leicht. Der Ball war bei Rocce, und der wurde von Willi bedrängt. Nur mit Mühe spielte er weiter zu mir. Aber Rocce spielte zu ungenau, zu fest und halbhoch. Diesen Ball konnte ich unmöglich mit dem Fuß nehmen. Ich schaute mich um. Hinter mir erhob sich Raban und sah seine Chance zum sicheren Sieg. Da warf ich mich gegen den Ball, flog wie ein Tiefflieger auf ihn zu und lenkte ihn mit der rechten Schläfe zu Leon. Der stoppte ihn cool mit der Brust.

„Jabbadabbadu! Das war die Sieben!", rief er. „Wir haben's geschafft!"

„Das war Weltklasse, Felix!", fügte Fabi hinzu.

Doch ich lag auf dem Boden und schaute zu Rocce.

„Danke!", sagte ich.

„Wofür?“, zuckte Rocce die Achseln und grinste. „Wenn du nicht gewesen wärst, hätte ich es versiebt.“

Dann half er mir auf, und zusammen gingen wir alle zum Kiosk. Willi spendierte die Apfelsaftschorlen und wir legten uns um Rocce herum ins Gras. Rocce erzählte vom Strand in Brasilien und von all seinen Freunden, die er dort hat. Er erzählte uns, wie traurig er war, dass er weggehen musste, und wie froh er jetzt war, dass es uns gibt. Dann machte er eine Pause und schaute sehr lange auf seinen goldenen Schuhe.

„Ich würde sehr gern bei euch spielen“, sagte er dann. „Wollt ihr das auch?“

„Na klar!“, riefen die andern. „Warum fragst du so blöd?“

Doch Rocce hörte sie nicht. Er hob den Blick von seinen Schuhen und schaute mich an.

„Und was ist mit dir?“, fragte er leise.

Ich wurde ganz rot und kämpfte mit dem Ochsenfrosch, der in meinem Hals saß. Rocce wurde richtig nervös.

„Willst du das auch?“

„Oh, Mann!“, schluckte ich. „Klar doch, und ob ich das will!“

Ich grinste ihn an. Meine Wut und meine Eifersucht waren vergessen. In diesem Moment hätte ich für Rocce meine Hand ins Feuer gelegt. Ja, und jeden, der mir gesagt hätte, was am nächsten Morgen passiert, den hätte ich als gemeinen Lügner beschimpft.

Felix hat Recht

Am nächsten Morgen warteten wir alle vor dem Schulhof auf Rocce. Wir fühlten uns drei Jahre älter, also mindestens so, als wären wir zwölf. Wir waren jetzt eine Fußballmannschaft mit einem echten Brasilianer im Team! So etwas gab es nur in der Bundesliga. Und wenn man in der Bundesliga spielt, das wussten wir alle, dann ist man echt cool. Dann fürchtet man sich auch nicht mehr vor dem Dicken Michi.

Der stand plötzlich vor uns, in seinem Darth-Vader-T-Shirt,

mit dem er mühsam versuchte, seine Speckschwarten am Weglaufen zu hindern. Sein Atem rasselte wie der eines uralten Pottwals, und seine Augen schossen wie glühende Laser aus den Fettfalten seines Gesichts, schätzten uns ab und suchten sich wie immer den Schwächsten seiner Feinde heraus.

„Platz da, Asthmas! Geh mir aus dem Weg!", zischte er und hinter ihm standen Krake, Kong, der Chinese, und Sense mit der Fahrradkette um seinen Hals.

Ich schluckte und erwartete einen Asthmaanfall. Asthmaanfälle und der Dicke Michi gehörten in meinem Leben zusammen. Doch mein Atem blieb ruhig und als würde ich träumen, beobachtete ich mich dabei, was ich tat.

„Was willst du denn hier?", fragte ich die Monsterqualle vor mir. „Das hier ist eine Schule!"

Der Dicke Michi runzelte seine Stirn. Damit hatte er nicht gerechnet und ganz offensichtlich fiel ihm nichts ein, was er antworten konnte.

„In eine Schule gehen intelligente Zweibeiner, um was zu lernen!", erklärte ich ihm und konnte es selbst noch nicht fassen, was ich da tat. Verflixt! So etwas trauten sich sonst nur Leon und Fabi, aber irgendwie machte es mir einen Mordsspaß.

„Glaubst du etwa", fragte ich weiter, „dass du zu dieser Rasse gehörst?"

Die Laseraugen des Dicken Michi spielten verrückt, so arbeitete es in seinem kleinen Gehirn. Eindeutig begriff er absolut nicht, was ich meinte.

„Ich glaube, Monster wie du gehören in den Zoo. Verstehst du mich jetzt?“, half ich ihm auf die Sprünge und vergaß die Gefahr, in der ich die ganze Zeit schwebte.

Das Gesicht des Dicken Michi schwoll an und begann von innen zu leuchten. Seine Laseraugen glühten Löcher in mich hinein. Das Darth-Vader-T-Shirt erbebte wie vor dem Ausbruch eines Vulkans, und sein Atem rasselte, als käme eine Lawine direkt auf mich zu.

„A-A-Asthmas! Du bist so gut wie tot!“, zischte er und griff mit seinen Pranken, die so groß wie Radkappen waren, nach mir. Ich bückte mich blitzschnell, doch ich bückte mich nicht schnell genug. Der Dicke Michi packte mich am Schlafittchen und hob mich mühelos hoch. Meine Beine zappelten in der Luft.

„Du bist so gut wie tot, Asthmas!“, hauchte mir der Dicke Michi mit seinem Mundgeruch ins Gesicht, dass ich glaubte, ich müsste ersticken.

Trotzdem gab ich nicht auf. Ich schluckte den stinkenden Atem und grinste zurück: „Und du servierst Socke gerade deinen fetten Hintern zum Frühstück!“

Der Dicke Michi erstarrte und schaute sich geschockt um. Auch Krake, Sense und Kong suchten nach Leons Hund mit den Fledermausohren.

„Wo ist dieses Mistvieh?“, rief der Dicke Michi. „Verflixt, wo steckt es?“ Vor lauter Panik rüttelte und schüttelte er mich: „Asthmas, wo steckt dieses Biest?“

„Da!“, sagte ich. „Auf dem Parkplatz, zwischen den Autos. Siehst du ihn nicht? Er rennt direkt auf dich zu.“

Der Dicke Michi schaute genau in die Richtung, die ich ihm zeigte.

„Wo?“, schrie er. „Ich kann ihn nicht sehen!“

„Da, bei den Bussen! Gleich ist er hier! Du solltest dich besser beeilen, meinst du nicht auch?“, grinste ich.

Da ließ er mich fallen und rannte davon. Krake, Sense und Kong folgten ihm dicht auf den Fersen.

„Lauf, Michi! Lauf!“, riefen wir hinter ihm her. Dann lachten wir los. Wir schrien vor Lachen, denn Socke war gar nicht da. Er war zur Zeit gar nicht in München. Er war mit Leons Mutter im Urlaub am Meer. Doch das wusste der Dicke Michi noch nicht und deshalb rannte er vor den parkenden Bussen davon, stürmte ins Schulgebäude hinein und schlug die Tür hinter sich zu, als würde er vom Tyrannosaurus höchstpersönlich gejagt.

Wir lachten und lachten.

„Verflixt und zugenäht, Felix, das war echt cool!“, lobte mich Fabi, und wir lachten bis Rocce im Auto seines Vaters vorfuhr. Oh Mann, staunten wir: Giacomo Ribaldo, der brasilianische Stürmerstar, saß höchstpersönlich am Steuer. Er war auf dem Weg zu den *Bayern* und trug schon seinen Trainingsanzug. Rocce saß auf dem Rücksitz und schaute uns an.

„Hey! Rocce!“, rief ich.

„Oh, Mann! Das ist cool!“, begrüßte ihn Fabi.

„Das möchte ich auch mal erleben!“, rief Raban.

„Von Giacomo Ribaldo persönlich zur Schule gebracht!“

„Oh, Mann!“, schüttelte Juli den Kopf, „Raban, das ist doch sein Vater!“

„Ja, ganz genau!“, sagte ich ehrfurchtsvoll. „Das ist sein Vater!“

Wir schauten zu Rocce, der jetzt auf uns zeigte. Offensichtlich erzählte er seinem Vater von uns. Wir platzten vor Stolz, und es wurde schier unerträglich, als uns Giacomo Ribaldo höchstpersönlich ansah. Ganz cool und ganz ausdruckslos musterte er uns, und dann schüttelte er seinen Kopf. Rocce versuchte, noch etwas zu sagen, doch sein Vater fiel ihm energisch ins Wort. Die Angelegenheit war für ihn offensichtlich erledigt, und er schickte seinen Sohn, der nicht aussteigen wollte, aus dem Auto hinaus.

„Hey, Rocce!“, riefen wir alle. „Was ist denn los mit dir?“ Rocce sah zu seinem Vater zurück, doch der blieb unerbittlich.

„Nichts!“, sagte er. „Was soll denn los sein?“

Dann ging er grußlos an uns vorbei.

„Hey, Rocce!“, rief ich. „Warte doch mal!“

Doch Rocce lief weiter, direkt in das Schulgebäude hinein. Wir sahen ihm nach, bis er verschwunden war. Das tat auch sein Vater. Erst dann fuhr er los.

„Nichts!“, wiederholte ich Rocces Antwort verächtlich. „Dass ich nicht lache! Dieses ‚Nichts' kenn ich gut. Wisst ihr was? Ich glaub ihm kein Wort.“

„Worauf du Gift nehmen kannst!“, sagte Fabi. „Los, worauf warten wir noch?“

Doch wir warteten gar nicht. Wir rannten schon los. Wir rannten über den Schulhof und ins Klassenzimmer hinein. Wir marschierten zu Rocces Platz und stellten uns wie eine Wand vor ihm auf. Rocce sah uns kurz an. Dann kramte er sinnlos in seinem Schulranzen herum.

„Was ist los?“, fragte ich. „Redest du nicht mehr mit uns?“

Rocce schüttelte den Kopf.

„Und warum bitte nicht?“, setzte ich hartnäckig nach.

Rocce schaute mich an, doch er schwieg.

„Ich hab dich etwas gefragt!“

„Und ich hab keine Zeit für so einen Mist!“, blitzte Rocce zurück. „Ich muss mich auf den Unterricht konzentrieren.“

In diesem Moment betrat unser Lehrer den Raum, doch das störte mich nicht ... Rocce war wichtiger.

„Musst du dich so auf den Unterricht konzentrieren, dass du

auch nicht mehr zum Training erscheinst?“

Rocce sah mich an. Dann zuckte er arrogant mit den Schultern.

„Und wenn schon. Was wär schon dabei? Was kann ich von dir denn noch lernen?“

Sein Blick war eiskalt, nur seine Augen glänzten ein bisschen, als hätten sich ein oder zwei Tränen in sie verirrt. Doch das sahen wir nicht. Wir waren viel zu wütend und viel zu enttäuscht. Ich hatte gestern doch Recht gehabt. Rocce war nicht unser Freund. Er war einfach nur arrogant.

„Genauso arrogant wie sein Vater!“, schloss Fabi seinen Bericht, in dem er Willi alles erzählte.

Wir saßen geknickt auf dem Bolzplatz herum und dachten absolut nicht an Training. Die Apfelsaftschorle stand unberührt neben uns, und lustlos stocherten wir mit den Stöcken im Gras. Da richtete sich Markus plötzlich auf.

„Ich glaub, ich hab's!“, rief er. „Es ist nicht Rocce. Es ist sein Vater, der dahinter steckt.“

„Nein. Das glaub ich nicht!“ Ich schüttelte Kopf. „Ein Vater tut sowas nicht.“

„Ach ja?“, konterte Markus. „Und was tut dann meiner? Ich sag euch, der lässt keine Gelegenheit aus, um mich am Fußballspielen zu hindern.“

„Ja, deiner vielleicht“, sagte Leon, „aber Rocces Vater, der ist Ribaldo. Glaubst du wirklich, dass der Tennis spielt oder Golf?“

„Da hast du Recht“, grummelte Markus. „Aber woran liegt's dann? Verflixt und zugenäht! Gestern war Rocce doch noch total nett.“

„Das stimmt!“, sagte Willi ganz ernst, „Und deshalb liegt es vielleicht gar nicht an Rocce oder Ribaldo. Deshalb liegt es vielleicht nur an euch.“

„Wie bitte? Was soll'n das heißen?“, platzte es aus Leon wütend heraus. Wir starrten Willi an, als redete er wieder von den Indianern, von Luke Skywalker und davon, dass man die Bundesliga abgeschafft hat. Doch Willi blieb ernst, so ernst, wie wir ihn noch nie erlebt hatten.

„Das soll heißen, dass ihr endlich mal merkt, was mit euch hier passiert“, sagte er. „Und falls ihr zu blöd dazu seid, dann geht auf der Stelle zu Rocce und Ribaldo nach Hause. Ich fress' einen Besen, wenn die euch das nicht eiskalt und ganz ungeniert aufs Butterbrot schmier'n.“

Wir schauten ihn fassungslos an.

„Zu ihm nach Hause?“, fragte ich.

„Zu Giacomo Ribaldo nach Hause?“, fragte Fabi. „Ist das dein Ernst?“

„Warum nicht?“, lächelte Willi.

„Oh, mein Gott!“, stöhnte Raban. „Das Haus wird bewacht. Da wuseln Bodyguards wie Ameisen rum!“

„Die haben alle Maschinengewehre!“, fügte Joschka hinzu. Dann schoss er mit einer imaginären Waffe „Rattatattatam!“ und fiel mit einem röchelnden „Urgh!“ getroffen ins Gras.

„Verstehst du nicht, Willi?“, erklärte ihm Marlon. „Giacomo Ribaldo ist ein richtiger Star.“

„Ganz genau!“, bestätigte Willi. „Er ist das, was ihr alle mal sein wollt. Hab ich nicht Recht? Also, wovor habt ihr Angst?“

Zögernd standen wir auf. Eine Gewitterwolke verdunkelte die Sonne, und ich schaute auf Joschka hinab. Der lag immer noch leblos im Gras und spielte, er wäre tot. Verflixt, er spielte das nur, aber irgendwie hatte ich eine Ahnung. Irgendwie wusste ich in diesem Moment, dass wir alle bald genauso daliegen würden. Mit einem Unterschied allerdings: Für uns war das dann nicht nur aus Spaß. Für uns war das ernst.

Das Tor zum Himmel

Die Straße, in der Giacomo Ribaldo wohnte, hieß Himmelstor. Wir waren noch nie in ihrer Nähe gewesen und als wir sie jetzt klammheimlich betraten, erwarteten wir nichts Geringeres als Festungen, die über uns auf Wolken schwebten. Doch es kam noch viel schlimmer. In dem Moment, in dem wir die Straße betraten, donnerten die Festungen auf die Erde hinab, auf jeden Fall glaubten wir das, und rammten ihre meterhohen Mauern direkt vor uns in den Boden. Häuser schien es hier gar nicht zu geben, nur riesige Tore, an denen kein Name stand und die uns ganz deutlich sagten: ‚Was macht ihr hier eigentlich? Hier habt ihr gar nichts verloren!'

Wenn ihr mich fragt, sagten die Tore die Wahrheit, doch leider war Willi anderer Meinung und leider wussten wir die Nummer des Hauses, in der Rocce wohnt. Sie stand auf einem dunklen, schmiedeeisernen Tor.

„13" stand da, wie die Rückennummer, die Giacomo Ribaldo schon seit acht Jahren trug, wie die Rückennummer von Gerd Müller, dem Bomber der Nation, der sein und Leons Vorbild war. Doch das war auch alles, was uns mit diesem Ort hier verband.

Ratlos standen wir vor dem Tor, und die Gewitterwolken türmten sich über uns auf. Da begann Fabi zu pfeifen. „Knocking on Heaven's Door" hieß das Lied, meinte er. Auf jeden Fall hörte oder pfiff das immer sein Vater, wenn er was tun musste, vor dem er die Hosen voll hatte. Und „Knocking on Heaven's Door" pfiff jetzt auch Fabi, als er zur Klingel ging und sie drückte.

Eine Ewigkeit passierte gar nichts. Dann meldete sich eine Stimme. Sie sprach portugiesisch. Das, das wussten wir, war die Sprache, die man in Brasilien spricht. Doch wir verstanden kein Wort.

„Ähm, Entschuldigung", stammelte Fabi und kratzte sich ratlos am Kopf. „Wir wollen zu Rocce."

Der Lautsprecher krächzte erschrocken, als hätte Fabi gefragt, ob er Rocce heiraten könne. Danach war es still. Wir warteten ein paar Minuten, dann wollten wir gehen, als plötzlich ein Summen ertönte. Langsam schwang ein Flügel des dunklen, schmiedeeisernen Tores auf und jetzt sahen wir auch ein Haus.

Wow! Gegen dieses Haus war die piekfeine Alte Allee Nr. 1, in der Maxi wohnte, höchstens eine armselige Hütte und die Villa von Markus' Vater vielleicht, aber auch nur vielleicht, ein Gartenhaus. Dieses Haus war ein Schloss und der Garten drumherum war kein Garten mehr, sondern ein Park.

Langsam und mit weichen Knien schlichen wir durch das Tor. Der Weg zum Haus war so endlos lang wie ein Highway zum

Horizont, und dieser Horizont war dunkel und schwarz. Blitze zuckten aus den Gewitterwolkenbergen heraus und wurden von Kanonendonnern gejagt. Plötzlich fielen uns unsere Fingernägel ein. Wir nagten sie sauber und wischten uns mit Spucke den Dreck aus dem Gesicht.

„Was wollt ihr von Rocce?", begrüßte uns eine ziemlich frostige Stimme.

Wir zuckten zusammen und schauten uns um. Die tief stehende Sonne brach ein letztes Mal durch die Gewitterwolkenberge hindurch und blendete uns. Doch dann sahen wir sie: Sie standen direkt über uns auf der Terrasse des Schlosses. Rocce und sein Vater, der in diesem Moment den Arm um seinen Sohn legte.

„Ähem. Wir wollen ...", stotterte Fabi. „Ja, wir wollen ... ja, als Erstes wollen wir wohl auf keinen Fall stören!" Er versuchte sein unwiderstehliches Lächeln, doch das misslang ihm diesmal total.

„Das ist gut“, nickte Giacomo Ribaldo. „Und was wollt ihr noch?“ Er musterte uns drohend aus zusammengekniffenen Augen.

„Wir wollen, dass Rocce in unserer Mannschaft spielen darf!“, beeilte sich Marlon zu sagen, und die Augen des brasilianischen Stürmerstars wurden noch enger. Deshalb beeilte ich mich und fügte hinzu: „Ja, und wir wollen, dass er unser Freund ist!“

Ich schaute zu Rocce: „Das willst du doch auch?“

Doch Rocce wich meinem Blick aus.

„Willst du das wirklich?“, fragte Giacomo Ribaldo noch einmal. „Los! Schau mich an!“

Rocce sah seinem Vater direkt in die Augen. Er zögerte, das sah ich ganz deutlich, doch dann, ich kann es einfach nicht fassen, schüttelte er seinen Kopf.

„Das ist gut!“, sagte Giacomo Ribaldo und wendete sich wieder an uns. „Habt ihr das alle gesehen?“

Wir nickten wortlos, doch wir bewegten uns nicht.

„Und was ist mit Fußball?“, fragte ich leise.

Der brasilianische Stürmerstar lachte: „Natürlich spielt Rocce Fußball. Aber beim *FC Bayern*, wie ich. Aus Rocce soll doch einmal was werden.“

„Aber wir werden auch Fußballprofis!“, traute sich Leon zu sagen.

Giacomo Ribaldo schaute ihn an und lachte noch lauter.

„Dann ist ja alles in Ordnung. Dann spielt ihr ja als Profis zusammen. Ich meine, falls ihr wirklich das Zeug dazu habt."

Leon blitzte ihn an. „Soll das eine Beleidigung sein?"

Wir zuckten zusammen. Selbst Rocce hielt bei Leons Ton die Luft an, doch Giacomo Ribaldo schien das zu imponieren. Auf jeden Fall verschwand das Lachen aus seinem Gesicht.

„Nein. Das soll es nicht sein", sagte er kühl. „Aber wenn du wirklich vorhast, einmal Fußballprofi zu werden, dann solltest du deine Zeit nicht mit so einer Mannschaft verschwenden."

Er schaute von Leon über Raban zu mir, und ich muss zugeben, dass ich wieder unter meiner Atemnot litt. So aufgeregt war ich. Doch Leon ist anders, das habe ich euch schon gesagt. Er nimmt jede Herausforderung an.

„Das tu ich auch nicht", konterte er. Und seine Augen waren dabei noch enger als die von Ribaldo. „Ich kann meine Zeit mit dieser Mannschaft gar nicht vergeuden. Diese Mannschaft ist nämlich die beste Mannschaft der Welt!"

Für einen Moment war Giacomo Ribaldo sprachlos, und Leon schaute zu Rocce.

„Hast du das auch gehört?", fragte er fordernd und stolz. Rocce erwiderte seinen Blick. Fast glaubte ich schon, dass er nickte. Da fuhr sein Vater dazwischen.

„Unsinn!", sagte er kalt. „Ihr seid überhaupt keine Mannschaft. Ihr seid ein paar herumkickende Jungs. Das ist auch alles. Und ihr träumt nur davon, wovon alle kleinen Jungen gern träumen: Ihr träumt, dass ihr einmal so werdet wie ich."

Ein Blitz schoss über uns aus den Wolken heraus, und ein

ohrenbetäubender Donner folgte ihm direkt auf dem Fuß. Danach war es still. Wir standen da wie gelähmt, so als hätte uns eine böse Hexe in Steine verzaubert. Nur Marlon konnte sich noch bewegen. Langsam schüttelte er den Kopf: „Nein. Davon träume ich ganz bestimmt nicht!", sagte er leise, aber entschlossen und sah Rocce direkt ins Gesicht: „Davon träumt keiner von uns!"

Rocce erwiderte Marlons Blick. Dann löste er sich aus der Umarmung seines Vaters und rannte ins Haus. Sein Vater sah ihm überrascht nach.

„Ja. Ganz genau. Keiner von uns!", bestätigte Fabi und wieder krachten Blitz und Donner auf uns herab.

Giacomo Ribaldo sah uns ein letztes Mal an. Es war ein vernichtender, abwertender, demütigender Blick, den keiner von uns aushalten konnte. Deshalb rannten wir los. Wir rannten auf die Straße zurück und rannten und rannten, bis wir den Bolzplatz erreichten. Dort, das hofften wir, würden wir diesen Blick von uns abschütteln können. Doch wir hofften umsonst. Am Bolzplatz wartete Willi auf uns.

Aus und Vorbei

Willi war bereits dabei, seinen Kiosk zu schließen. Er trug die Zeitschriftenständer in das Holzhaus hinein.

„Und, was hat er gesagt?“, fragte er beiläufig, als wollte er wissen, ob es gleich regnet.

Doch so beiläufig war diese Frage nicht, denn als er zurückkam, sah er uns an, als wüsste er alles. Nein, es war noch viel schlimmer. Willis Blick war wie der von Ribaldo: erbarmungslos demütigend.

Wir standen da, atemlos, wütend, die ersten kalten Regentropfen klatschten uns ins Gesicht und plötzlich wussten wir alle: Giacomo Ribaldo hatte verflixt noch mal Recht. Wir waren keine Fußballmannschaft, und keiner von uns hatte das Zeug dazu, einmal Fußballprofi zu werden. Unsere Träume zerplatzten wie Seifenblasen im immer stärker werdenden Regen und wenn man keine Träume mehr hat, das sage ich euch, dann ist man nichts. Dann ist man am Boden zerstört und weiß nicht mehr weiter.

„Und?“, fragte Willi. „Was passiert jetzt?“

Wir schauten ihn an, ratlos, verzweifelt und wütend. Verflixt! Was sollte die Frage? Dafür war er da. Er war unser Trainer. Er musste uns sagen, was jetzt zu tun war. Doch Willi dachte gar nicht daran. Er hinkte zum Kiosk, klappte die Holzläden vor das Fenster und verschloss dann die Tür. Da ballte Leon die Fäuste.

„Okay! Dann spielen wir halt gegen die *Bayern*!“, rief er. „Wir zeigen es diesem Ribaldo und schießen die *Bayern* zusammen mit seinem Sohn Rocce direkt auf den Mond!“

Willi schaute Leon überrascht an.

„Ist das dein Ernst?“, fragte er.

„Natürlich ist es das!“, zischte Leon, und Willi nickte ihm zu.

„Bravo, Leon, das ist wirklich eine gute Idee.“

Doch dann seufzte er tief.

„Schade nur, dass die *Bayern* diese Herausforderung nicht annehmen werden. Ich denke, sie lachen euch einfach nur aus. Ja, das werden sie tun, es sei denn ...“

Er überlegte, doch dann schüttelte er den Kopf.

„Nein, ich glaub nicht, dass das geht. Es ist aus und vorbei. Ab nach Hause mit euch!“

Willi hinkte zu seinem zerbeulten Mofa und schloss es auf.

„Ach ja, das hätt' ich beinah vergessen. Das Training ist nicht nur für heute vorbei. Ab heute ist der Bolzplatz für euch verboten. Ich will euch nicht wiedersehen. Ist das klar?“

Er musterte uns ein letztes Mal.

„Und wenn ihr nicht wisst, was ich meine, dann schaut euch mal an. Die *Wilden Kerle* gibt es nicht mehr.“

Er gab Gas und fuhr auf und davon.

Wir blieben im Regen zurück und konnten es einfach nicht fassen. Einer nach dem anderen setzten wir uns wortlos ins Gras. „Wir fangen uns alle eine Lungenentzündung ein“, dachte ich. Doch das war uns völlig egal. Ich dachte an Joschka und meine Vorahnung, als er vor meinen Füßen im Gras lag und sich tot gestellt hatte. Ich hörte das Lachen Ribaldos und seine Worte: „Wenn du wirklich vorhast, einmal Fußballprofi zu werden, dann solltest du deine Zeit nicht mit so einer Mannschaft verschwenden.“ Dann hörte ich Willi: „Ich will euch nicht wiedersehen!", sagte er und: „Die *Wilden Kerle* gibt es nicht mehr!"

Ja, und immer wieder schüttelte Rocce vor meinen Augen den Kopf, als ich ihn fragte, ob er unser Freund sein wolle.

Ich konnte es einfach nicht fassen, und auch die anderen konnten es nicht. Selbst Leon zerbiss seine Lippen vor Ratlosigkeit, und immer wieder wischte er sich einen Wassertropfen aus dem Gesicht, als wäre er eine Träne. Die *Wilden Kerle* gab es nicht mehr.

Was sollten wir bloß dagegen tun? Wir wussten es nicht und deshalb saßen wir im Regen, bis wir es vor Kälte nicht mehr aushalten konnten. Dann gingen wir langsam und jeder für sich und immer noch wortlos nach Hause.

In alle Winde zerstreut

Meine Mutter erschrak fast zu Tode, als sie mich sah. Schlotternd und triefend stand ich in der Küche der Karl-Valentin-Straße Nr. 11 und sagte kein Wort. Ich konnte nichts sagen. Ich wartete nur auf die Standpauke, die jetzt gleich auf mich einschlagen würde: ‚Oh, mein Gott, Felix, bist du von allen guten Geistern verlassen? Willst du dir den Tod holen? Ich dachte, du bist ein vernünftiger Junge. Aber offensichtlich habe ich mich geirrt! Ab jetzt ist das Training für dich gestrichen! Ist das klar? Sind wir uns einig?'

Ja, darauf wartete ich. Ich sehnte mich sogar danach. Mein Körper war taub, und mein Kopf war wie in Watte verpackt. Ich fühlte mich wie in einem Alptraum, aus dem ich nicht aufwachen konnte, und eine Standpauke ist das beste Mittel dagegen. Eine Standpauke rüttelt wach.

Doch meine Mutter sagte kein Wort. Sie sah mich nur an. Sie sah mich an, als hätte man mich skalpiert, gevierteilt und als steckten mindestens sieben heimtückische Pfeile in meinem Rücken. Dann nahm sie mich in den Arm und steckte mich in die Badewanne. Sie kochte mir Tee und war wie ein Engel zu mir. Sie pflegte mich wie einen Ritter, der tödlich verwundet das Turnier in letzter Sekunde doch noch gewonnen hatte, wieder gesund. Doch ich war nicht verwundet. Ich war auch kein Ritter, und ich hatte erst recht bei keinem Turnier mitgemacht. Ich war ein Verlierer, ein Loser, und man hatte mich kampflos besiegt und mir ohne Gegenwehr alles genommen, was mir wichtig war: Willi, unseren Trainer, den Bolzplatz, das Zentrum unserer Welt, meine Freunde, die *Wilden Kerle*, und natürlich den Fußball, der alles für mich war und noch mehr.

Deshalb konnte mir die Fürsorge meiner Mutter auch kein bisschen helfen. Okay, sie bewahrte mich vor einer Lungenentzündung oder einer Erkältung, aber in Wirklichkeit konnte ich sie nur als Mitleid verstehen. Oh mein Gott, Mitleid, was war das für eine Demütigung. Könnt ihr das nicht verstehen?

In so einem wichtigen Moment meines Lebens war Mitleid das Schlimmste, was man mir antun konnte. In so einem Moment brauchte ich etwas ganz anderes. Ich brauchte jemanden, der mir in den Hintern trat, der mir sagte, dass ich den Kopf aus dem Sand ziehen sollte, der mir meine Angst nahm und mir meinen Mut zurückgab, indem er mir sagte, was ich tun müsste, um meinen Stolz und meine Träume zurückzubekommen. In diesem Moment meines Lebens brauchte ich einen Vater, doch der war schon lang nicht mehr da. Ich hatte nur meine Mutter und die hatte Mitleid mit mir. Verflixt! Und genau deshalb redete ich mit ihr an diesem Abend und auch an den nächsten Tagen kein Wort.

Den anderen *Wilden Kerlen* ging es nicht besser. Von einem Tag zum anderen hatte sich unsere Welt total verändert, so als wäre ein Meteorit auf sie draufgeknallt. Selbst die Klimazonen hatten sich gegeneinander verschoben. Auf jeden Fall erschien uns das so. Statt Sommer wurde es Herbst. Der Regen fiel endlos aus dunklen Wolken, die wie schwarzer Schwefel über den Baumwipfeln klebten, und diese Wolken waren so drückend und schwer, dass jeder von uns nur noch auf seine Fußspitzen starrte, und niemand von uns sah den anderen an.

Selbst in der Schule liefen wir wortlos aneinander vorbei. Schweigend saß ich zwischen Fabi und Leon und schweigend saßen Juli und Raban schräg hinter uns. Wir waren so still, dass selbst unser Lehrer aufmerksam wurde und auch Rocce sah besorgt zu uns her. Doch unserem Lehrer sagten wir nichts, und Rocce nahmen wir gar nicht mehr wahr. Er interessierte uns nicht, und nach Schulschluss gingen wir brav und grußlos nach Hause. Keiner wollte den anderen sehen. Selbst Leon wollte Marlon nicht sehen und Juli nicht Joschka.

Im Fasanengarten Nr. 4 warf Fabi am dritten Tag unseres Schweigens seinen Legotechnik-Bausatz gegen die Wand und half seiner Mutter beim Bügeln. Wortlos packte er die zusammengelegte Wäsche in einen Korb und räumte sie in die Schränke. Das hatte er noch niemals getan, und dementsprechend verdattert war seine Mutter. Verdattert stand sie da, beobachtete ihren Sohn und reagierte selbst dann nicht, als das Sommerkleid auf dem Bügelbrett vor ihr zu brennen anfing.

„Mensch, Mama!", schrie Fabi, riss das Bügeleisen vom Kleid und schüttete ein Glas Wasser über die Flammen. „Verflixt! Was ist los mit dir!"

„Was ist los mit dir?", fragte seine Mutter zurück, und sie klang richtig besorgt. „Warum bist du nicht auf dem Bolzplatz?"

Fabi hüpfte von einem Bein auf das andere, versuchte sein unwiderstehliches Grinsen, was ihm aber zum zweiten Mal in seinem Leben richtig misslang, und lief dann in sein Zimmer zurück.

„Davon verstehst du nichts!", rief er zornig und schlug die Tür hinter sich zu.

Im Haus schräg gegenüber kam Julis und Joschkas Mutter gerade von der Arbeit aus dem Büro zurück. Sie steckte den Schlüssel ins Schloss und sah nicht die kleinen Wasserrinnsale, die unter der Haustür nach draußen drangen. Doch als sie die Tür öffnen wollte, spürte sie einen seltsamen Widerstand und dann schoss ihr eine wahre Sintflut entgegen. In der Küche stand das Wasser ungefähr fünfzehn Zentimeter hoch auf dem Boden, und mitten in dieser Überschwemmung stand ihr Sohn Juli mit dem Schrubber in der Hand.

„Hallo! Du bist schon da?", fragte er erstaunt, doch ohne den Hauch eines schlechten Gewissens. „Weißt du, wir wollten dich überraschen."

Seine Mutter schaute von ihrem Sohn auf ihre Füße hinab, die das Wasser auf seinem rauschenden Weg nach draußen jetzt knöcheltief umspülte. Dann erkannte sie die Quelle der Sintflut. Das Wasser kam durch den Flur aus dem Bad.

Zielstrebig lief sie dorthin und rappelte an der verschlossenen Tür, bis ihr Juli den Schlüssel hinhielt.

„Wir haben uns gestritten“, grinste er ein bisschen verlegen.

„Deshalb hast du deinen Bruder da eingesperrt!“

„Ja, als er pinkeln musste“, nickte Juli, „Aber wir haben uns wieder vertragen. Joschka putzt gerade das Bad.“

Julis Mutter riss die Tür auf und starrte auf eine riesige Wand aus Badeschaum, die sich bis zur Zimmerdecke erhob.

„Joschka!“, rief sie, während eine zweite Flutwelle ihre Waden umspülte und sich aus dem Badezimmer über den Flur in die Küche ergoss. Sie war so stark, dass Julis und Joschkas Mutter den Halt unter ihren Füßen verlor.
Sie rutschte aus
und fiel
auf den Po.

Im selben Augenblick stürzte die Schaumwand über ihr ein und dann erst entdeckte sie ihren jüngeren Sohn. Der stand mit den Zehenspitzen auf dem Rand des WC's und putzte beflissen das Fenster unter der Decke.

„Hallo, Mama!", grüßte er sie. „Wir machen Hausputz. Ist das nicht nett?" Joschka grinste wie ein waschechter Yeti, denn so sah er mit dem Badeschaum, der seinen ganzen Körper bedeckte, in diesem Moment wirklich aus.

Doch seine Mutter war überhaupt nicht begeistert.

„Hausputz!", sagte sie nur, versuchte aufzustehen, rutschte aus und landete noch einmal auf ihrem Po.

„Verflixter Hausputz!", stöhnte sie auf und Juli eilte besorgt zu ihr hin.

„Was ist denn los mit dir?", sagte er sanft und wollte ihr beim Aufstehen helfen. Doch sie stieß ihn weg.

„Was ist denn los mit euch?", schrie sie ihn an. „Warum seid ihr überhaupt hier? Ab auf den Bolzplatz mit euch!"

Da erstarrten Juli und Joschka zu Stein.

„Los! Raus mit euch!", wiederholte ihre Mutter den Befehl, doch Joschka und Juli schüttelten die Köpfe.

„Wie bitte? Was?“, stammelte Juli.

„Aber das geht doch nicht!“, flüsterte Joschka, und Juli senkte enttäuscht seinen Kopf.

„Weißt du? Ich hab wirklich gedacht, für das hier kriegen wir mindestens zwei Wochen Hausarrest!“

Juli und Joschka sahen ihre Mutter flehentlich an.

„Kannst du uns nicht wenigstens drei Tage Hausarrest geben?“, bat Juli schmollend. Und Joschka bettelte weiter: „Ja, drei Tage, bitte, Mama. Das ist doch nicht viel verlangt, oder?“

In der Hubertusstraße Nr. 58 ging Leon freiwillig mit Socke spazieren, nur um die Zeit tot zu schlagen. Danach drosch er so auf sein Schlagzeug ein, dass selbst die schalldichten Wände des Übungsraums im Keller des Hauses seine Wut nicht mehr dämpfen konnten, und er hörte erst auf, als das letzte Trommelfell geplatzt war.

Marlon, sein um ein Jahr älterer Bruder, saß währenddessen mit Ohrenstöpseln im Kinderzimmer und wälzte Stapel von Büchern, die er sich aus der Bibliothek geholt hatte: ‚Was kann ich werden?‘, ‚50 Wege zum Erfolg‘, ‚Die 100 Topberufe unserer Zeit‘. So oder ähnlich lauteten die Titel der Bücher und teilnahmslos blätterte Marlon sie auf der Suche nach einem neuen Lebensziel durch. Sein Traum, einmal Fußballprofi zu werden, war endgültig geplatzt. Es musste ein neues Lebensziel her. Doch wie konnte der Beruf eines Topmanagers, eines Börsenmaklers oder eines Online-TV-Internet-Produzenten das

Gefühl ersetzen, das Marlon hatte, wenn er einen Zweikampf gewann, einen Traumpass schlug oder eines seiner gewitzten Tore mit dem Außenriss schoss? Deshalb riss Marlon jeden Abend die Stöpsel aus seinen Ohren heraus, nahm sein Saxophon und lief in den Wald, wo er unter einer riesigen Trauerweide einen herzergreifenden Blues in die Welt hinausblies.

Manchmal wehten Fetzen seines Blues zum Bolzplatz hinüber, auf dem Willi in seinem Schaukelstuhl unter einem Regenschirm saß, den er an der Lehne festgeklemmt hatte. Seit dem Trainingsverbot war er einsam und arbeitslos. Seinen Kiosk musste er gar nicht mehr aufschließen, weil es keine Kunden mehr gab. Doch so schwermütig und verzweifelt Marlons Melodien auch waren: Willi blieb eisern und hart und rührte sich nicht von der Stelle. Auf was wartete er nur? Was hatte er vor? Was sollten wir, die *Wilden Kerle* nur tun?

Wir wussten es nicht. In der Alten Allee Nr. 1 spielte Maxi drei Tage lang mit seiner jüngeren Schwester Barbiepuppeneinfamilienhausfamilienglück. Dann stand er auf, sortierte seine Fußballkollektion, listete seine kostbare Sammlung auf und faxte die Liste mit der Bitte um eine Verkaufsanzeige an „Kurz und Fündig“. Wozu brauchte er seine Fußbälle noch? Sie erinnerten ihn nur schmerzhaft an etwas, was jetzt nicht mehr war.

Am schlimmsten aber erwischte es Raban. Raban, den Helden, der wirklich für ein paar kurze Wochen unser Held gewesen war. In der Rosenkavaliersgasse Nr. 6 griff Raban freiwillig zum Telefon, rief die Freundinnen seiner Mutter an und bat deren Töchter reumütig, ihn zu besuchen. Zehn Minuten später standen die mit Schleifchen und Rüschen bewehrten drei kleinen Monster vor seiner Tür, doch Raban war das egal.

Er saß schon auf dem Stuhl in der Halle und wartete darauf, das Versuchskaninchen für ihre Schminkköfferchen und Miniatur-Lockenstäbe zu sein.

Das war am dritten Tag nach dem Beginn des ewigen Regens, am dritten Tag nach unserem Besuch im Himmelstor Nr. 13, am dritten Tag nach Giacomo Ribaldos vernichtendem Spott, Rocces Nein an unsere Freundschaft und Willis Trainerabsage. An diesem dritten Tag stand es endgültig fest:

Die *Wilden Kerle* gab es nicht mehr.

Das, was ich euch am Anfang meiner Geschichte als Anfang vom Ende angedroht hatte, hatte uns überrollt, platt gemacht und in alle Winde zerstreut. Wir hatten uns zu lange auf unseren Lorbeeren ausgeruht. Wir hatten zu lange in der Sonne gelegen und nur geträumt. Doch vom Träumen kann kein Traum wahr werden, das sage ich euch. Für einen Traum muss man bereit sein zu kämpfen. Doch davor hatten wir jetzt ganz große Angst. Natürlich wollten wir Fußball spielen und natürlich wollten wir, wenn wir einmal groß sein würden, nichts anderes werden als waschechte Fußballprofis. Doch jetzt hatten wir Angst, dass Ribaldo Recht haben könnte.

Oder nein, es war noch viel schlimmer.

Wir wussten es längst: Giacomo Ribaldo hatte verflixt noch mal Recht: Ja, ganz genau! Wir waren nichts. Wir waren nur ein paar kleine, herumkickende, alberne Jungs. Wir waren nicht gut genug, und wir würden es deshalb im Fußball nie zu was bringen. Basta und Schluss! Das stand jetzt ein für alle Mal fest.

Das Apfelkompottrevolverheldenduell

Am vierten Tag kam ich wie immer wortlos nach der Schule nach Hause in die Karl-Valentin-Straße Nr. 11. Ich stapfte an meiner Mutter vorbei, donnerte den Schulranzen in die Ecke, setzte mich an den Tisch und starrte wie an den drei anderen Tagen zuvor wortlos zum Fenster hinaus. Mir war es egal, dass mir meine Mutter mein Lieblingsessen, einen ganzen Berg Pfannkuchen, servierte. Und als sie mir einen „Guten Appetit“ wünschte, verdrehte ich nur meine Augen und schob die Pfannkuchen weg, als hätten sie sich in einen Eimer schleimige Haferpampe verwandelt.

„Was ist los, Felix?“, fragte mich meine Mutter besorgt. „Willst du mir nicht endlich was sagen?“

Ich stöhnte auf und verdrehte die Augen. Nein, nicht schon wieder die Tour. Sie war doch nur meine Mutter. Wann begriff sie das endlich? Ich brauchte jetzt meinen Vater, doch der war seit dem Tag nicht mehr da und meldete sich auch seit dem Tag nicht mehr bei mir, an dem er erfahren hatte, dass sie einen anderen Mann liebt.

„Felix, ich rede mit dir!“, erinnerte mich meine Mutter

daran, dass sie immer noch da war.

„Aber ich nicht mit dir!“, stieß ich hervor. „Ist das klar? Und jetzt lass mich bitte mit deinem Mitleid in Ruhe!“

Wütend wischte ich mir eine Träne aus dem Gesicht und starrte wieder an ihr vorbei zum Fenster hinaus.

„Mhm. Also gut. Ich verstehe. Kein Mitleid“, nickte meine Mutter und begann seelenruhig, ihren Pfannkuchen zu essen. „Und ich hab auch kein Mitleid mit dir, dass du keine Freunde mehr hast und dass du nie wieder in deinem Leben einen Fußball in die Hand nimmst. Hab ich das richtig verstanden?“

„Ganz genau!“, blaffte ich. „Davon hast du nämlich nicht die leiseste Ahnung!“

Ich war absolut wütend, doch meine Mutter hielt meinem Blick stand. Sie musterte mich, und sie sah die Tränen in meinen Augen. Doch das rührte sie nicht. Sie bleib unbarmherzig und kalt. Ihre Augen wurden ganz schmal. Dann legte sie beide Hände vor sich auf den Tisch und holte tief Luft.

„Ohohoho!“, sagte sie mit einer so dunklen Stimme, als sei sie ein Revolverheld und zöge gleich ihren Colt. „Willst du mich etwa beleidigen, Junge?“

Ihre Hand tastete nach dem Löffel und umschloss ihn ganz fest.

„Nun gut! Dann solltest du dich besser bewaffnen, hörst du!“, raunte sie mit ihrer Reibeisenstimme. „Denn da, wo ich herkomme, bleibt so was nicht ungestraft. Da beleidigt man einen *Wilden Kerl* nicht.“

Ich schaute sie an, als wäre sie komplett verrückt.

„Bitte Mama, hör auf!", bat ich verlegen, doch meine Mutter dachte gar nicht daran. Sie war nämlich gar nicht mehr meine Mutter. Sie war der Revolverheld und der war erbarmungslos.

„Bitte, Mama, hör auf! Was soll'n das?", spottete er dunkel und rau wie durch Sandpapier. „Bist du etwa 'ne Memme?"

Ich zuckte zusammen. Das saß und sofort schossen die Tränen aus meinen Augen heraus.

„Bitte, hör auf!", flehte ich.

„Tut mir leid, Kindchen, aber dafür ist es zu spät!", rasselte er. „Hier wird nicht gekniffen.

„Ich kneife nicht!", protestierte ich.

„Ohohoho! Das ich nicht lache!", spottete er. „Du machst dir doch vor Angst in die Hosen!"

„Das reicht!", drohte ich. „Hör sofort ...!"

„Halt's Maul!", fuhr er mir über den Mund. „Ich riech es doch schon. Und ich riech auch dein Selbstmitleid. Oh, Gott ist das eklig!"

„Hör auf!", schrie ich jetzt. „Hör sofort damit auf!"

Ich starrte ihn an und für einen Moment glaubte ich wirklich, ich hätte den Mistkerl zum Schweigen gebracht.

„Verflixt und zugenäht!", fluchte er, weil ihm sonst nichts anderes einfiel. Dann aber spuckte er aus und in dieser Bewegung lag alle Verachtung der Welt.

„Bah! Bist du ein Hasenfuß!"

Mir stockte der Atem. So etwas hört man nicht gern von

seiner eigenen Mutter, selbst wenn sie in diesem Augenblick nicht mehr die Mutter, sondern ein Revolverheld ist.

„Nein. Das bin ich nicht!“, sagte ich leise.

„Gut. Dann bist du halt eine Memme!“, erwiderte er.

„Das bin ich nicht!“, sagte ich schon etwas lauter.

„Okay. Dann beweis es mir. Zieh oder schmor in der Hölle!“

Danach war es still. Die Augen des Revolverhelden legten sich wie Zangen um meine Brust. Ich konnte mich kaum noch bewegen. Trotzdem wehrte ich mich. Ich wischte die Tränen aus meinem Gesicht und holte tief Luft. Dann legte ich meine rechte Hand um den Löffel vor mir auf dem Tisch.

„Du hast es nicht anders gewollt!", sagte ich heiser und rau, und der Revolverheld nickte. Dann zog er. Blitzschnell schoss sein Löffel nach vorn, direkt auf die Apfelkompottschale zu. Doch das war nicht schnell genug. Ich war mit meinem Löffel schon drin, zog ihn gefüllt wieder raus und steckte ihn mir in den Mund. Verflixt! Schmeckte das gut!

Der Revolverheld staunte. „Alle Achtung! Nicht schlecht!", raunte er und dieses Mal war er wirklich beeindruckt. „Aber, weißt du, mein Junge, zusammen mit Pfannkuchen schmeckt das noch besser! Hier! Fang!"

Der Revolverheld zog einen Pfannkuchen vom Pfannkuchenberg und warf ihn mir wie einen Frisby zu. Ich fing ihn aus der Luft auf und knüllte ihn mir zwischen die Zähne.

„Stimmt!", grinste ich mit vollem Mund, und der Revolverheld grinste zurück.

„Gut! Dann schlag dir den Bauch voll, hörst du, und dabei erzähl ich dir was unter Männern."

Ich schluckte, bis mein Mund endlich leer war. Dann sagte ich: „Okay! Abgemacht!"

Der Revolverheld lächelte und mit diesem Lächeln verwandelte er sich wieder in meine Mutter zurück. Ich verschlang sieben Pfannkuchen mit Nutella und danach noch sieben mit Zucker und Zimt. Doch das merkte ich gar nicht. Ich hörte nur, was meine Mutter erzählte, und die erzählte mir die spannendste Geschichte der Welt: Die Geschichte vom Aufstand der *Wilden Kerle* gegen die *Bayern*.

Oh, Mann! Ich konnte das Ende kaum noch erwarten. Dann sprang ich auf, lief zum Telefon und rief alle *Wilden Kerle* der Reihe nach an.

„Wir treffen uns alle auf Camelot. Ja, jetzt sofort!“, sagte ich nur. „Meine Mutter hat einen Plan.“

Das Treffen auf Camelot

„Was für'n Plan?“, zischte Leon verächtlich. „Deine Mutter hat doch überhaupt keine Ahnung.“
„Und ob sie das hat!“, konterte ich. „Du müsstest sie mal als Revolverheld sehen.“

„Als was bitte?“, platzte es Leon heraus und ich erkannte meinen Fehler sofort. Das mit dem Revolverhelden konnten meine Freunde gar nicht verstehen. Das konnte nur verstehen, wer es selbst erlebt hatte. Jetzt hielten mich alle für komplett durchgeknallt.

Wir saßen auf Camelot. Das ist Julis Baumhaus. Er hatte es selbst über drei Stockwerke hoch in den Garten gebaut und in den letzen Wochen und Monaten war es zu unserem Treffpunkt geworden. Auf Camelot fanden wir uns immer zusammen, wenn uns ein Problem unlösbar erschien, und auf Camelot hatten wir bisher immer einen Ausweg gefunden. Doch dieses Mal schien das unmöglich zu sein.

Die *Wilden Kerle* gab es nicht mehr, und den einfachen Grund hatte mir meine Mutter heute erklärt: Wir hatten uns aufgegeben. Doch anstatt das zu erkennen, starrten mich jetzt alle an, als sei ich vollkommen durchgeknallt. Wie sollte ich da etwas ändern?

Ich saß in einer Ecke des untersten Raums, in unserer Versammlungshalle, und beobachtete meine Freunde.

Leon lief nervös auf und ab.

„Habt ihr das eben gehört. Felix' Mutter ist ein Revolverheld!“, rief er und schlug danach gegen die Wand, dass seine Faust zu bluten anfing. „Verflixt! Ich kann es nicht glauben. Und deshalb sind wir jetzt hier!?“

Doch die anderen schwiegen.

Fabi wippte nervös mit den Füßen und Marlon trommelte auf den Tisch. Juli umschlang seine Knie mit den Armen, als würde er frieren, und Joschka nagte seine Fingernägel bis auf die Halbmonde ab. Maxi zerbiss seine Lippen, Jojo kniff sich immer fester in den eigenen Arm, Markus begann mit einem Golfball zu spielen, und Raban drehte sich selbst einen Lockenwickler ins Haar.

„Verflixt, sehen die alle armselig aus!“, dachte ich. Aber sie waren alle gekommen. Und bei aller Armseligkeit spürte ich doch, wie verzweifelt sie waren. Ich musste es einfach versuchen, auch wenn sie mich auslachen würden! Auch wenn der Plan von meiner Mutter war, und sie das mit dem Revolverhelden nie im Leben verstanden.

Ich holte tief Luft und räusperte mich. „Ähem! Also: Eigentlich ist es ganz einfach. Wir spielen gegen die *Bayern*.“

Ich machte eine Pause und schaute mich erwartungsvoll um. Meine Freunde verdrehten die Augen, und Leon brachte es für sie auf den Punkt.

„Oh, Mann! Ist das alles?“, spottete er. „Diesen Plan kennen wir schon.“

„Ja, ganz genau!“, pflichtete Fabi ihm bei. „Und dieser Plan ist unmöglich. Die *Bayern* lachen uns aus. Und weißt du warum? He! Ich kann es dir sagen. Für die *Bayern* sind wir nämlich nur eine winzige Ameise, die zu ihnen auf den Mount Everest will! Die sehen uns gar nicht. Verflixt! Für die sind wir überhaupt gar nicht da!“

„Dann müssen wir das eben ändern!", konterte ich.

„Ach, ja, und wie willst du das bitte schön machen?"

Fabis Augen glühten vor Zorn.

„Willst du uns etwa einen Rüssel ankleben und behaupten, wir seien ein Elefant?"

„Bravo, Fabi! Damit liegst du gar nicht so falsch!", lobte ich ihn, und jetzt hielten mich alle für absolut arrogant.

„Was du nicht sagst, du Klugscheißer!", giftete Fabi. „Dann schieß doch mal los!"

„Ja, ganz genau!", stellte sich Leon an seine Seite. „Da bin ich aber äußerst gespannt."

„Gut", sagte ich und nahm die Herausforderung an. „Mein erster Vorschlag ist, dass wir ab jetzt nicht mehr heulen und jammern."

Mit einem Schlag war es still. Es war eine Stille des Hasses. Leon und Fabi ballten die Fäuste und ich war mir sicher, dass sie sich beim nächsten falschen Wort sofort auf mich stürzen würden.

„Sag das noch mal!", zischte Leon, doch ich schüttelte nur mit dem Kopf.

„Ich spreche genauso von mir", sagte ich. „Ich war am schlimmsten. Zuerst hatte ich Angst, dass mich Jojo und Markus aus der Mannschaft rausdrängen. Dann war es Rocce und bis gestern hab ich mir aus Angst vor den *Bayern* in die Hosen gemacht. Ich hab Angst gehabt, dass ich einfach zu schlecht bin und am Ende hab ich nur noch gehofft, dass wir nie wieder spielen. Verflixt, und das haben wir ja alle geschafft."

Ich machte eine Pause und schaute mich um. Der Hass war verraucht. Selbst Leon und Fabi senkten die Köpfe.

„Ja, ich fühl mich genauso wie ihr", fuhr ich fort. „Total am Ende. Aus und vorbei. Aber das will und kann ich nicht zulassen, hört ihr, und aus diesem Grund sind wir jetzt hier."

Die anderen schauten mich erwartungsvoll an. Aber ich konnte es einfach nicht fassen: Ihre Augen waren immer noch leer.

Jetzt wurde ich richtig wütend: „Verflixt und zugenäht! Was ist mit euch los? Ihr seid meine Freunde! Und die *Wilden Kerle* sind die beste Fußballmannschaft der Welt. Ja, ganz genau! Auch wenn uns ein Ribaldo ausgelacht hat. Verflixt! Und das werden wir ihm jetzt beweisen!"

„Ja! Verflixt! Das werden wir!", riefen Leon und Fabi, und auch die anderen stimmten mir zu.

Ich atmete auf. Endlich waren sie aufgewacht. Endlich hatten sie es kapiert. Aber ich war noch nicht fertig.

„Halt! Einen Moment! Da gibt es noch was! Die Sache hat einen Haken!"

Ich wartete so lange, bis die Begeisterung meiner Freunde wieder verebbte. Erst dann fuhr ich fort: „Also: Die *Bayern* sind die beste Fußballmannschaft der Welt. Bei ihnen spielen die besten Kinder des Landes und ihr glaubt doch wohl nicht im Ernst daran, dass sie uns ernst nehmen werden. Ja, Fabi hat recht. Für die *Bayern* sind wir höchstens 'ne Ameise, wenn nicht 'n Floh. Ja, und deshalb brauchen wir einen Rüssel. Ähem, ich mein' einen Plan!"

„Ja, verflixt!", riefen Leon und Fabi. „Da waren wir schon. Schieß endlich los!"

„Aber der Plan ist von meiner Mutter!", warnte ich sie.

„Ja, aber die ist 'n Revolverheld!", funkte Joschka dazwischen, und das Leuchten seiner Augen steckte die anderen an.

Ich lächelte stolz. Dann legte ich los. Ich erzählte ihnen alles, was mir meine Mutter gesagt hatte: Wir müssten so werden wie die *Bayern*. Ein richtiges Team. Dafür bräuchten wir einen Namen und einen Verein, eine Satzung mit Regeln, jeder Spieler bräuchte einen Vertrag und am Ende bräuchten wir natürlich ein Trikot mit Wappen. Dafür müssten wir jemanden finden, der das bezahlt. Einen ‚Sponsor' nannte man das.

Ja, und dann wären wir nicht mehr der Haufen kleiner, herumkickender Jungen mit zu großen Träumen, die ein Giacomo Ribaldo ausgelacht hat und bei denen ein Rocce nicht mitspielen wollte. Nein, dann wären wir selbst für die *Bayern* ein wirklich ernst zu nehmendes Team.

„Was ist?", endete ich. „Meint ihr, wir kriegen das hin?"

„Und ob wir das hinkriegen!", antwortete Leon.

„Ja, aber wo trainieren wir dann?", bemerkte Marlon. „Felix hat Willi vergessen."

„Nein, das habe ich nicht", antwortete ich. „Ich denke, dass Willi genau das von uns wollte. Wir haben das Kriegsbeil ausgegraben und gehen wieder auf Büffeljagd."

Ein Grinsen entstand auf Marlons Gesicht und Leon pfiff durch die Zähne.

„Ja, genau das tun wir jetzt!“, sagte er und reichte mir seine Hand zum High Five.

„Alles wird gut!“, lächelte er.

„Nein. Alles ist gut“, grinste ich und schlug ein, „solange du wild bist!“

Die anderen folgten unserem Beispiel und ohne es zu wissen hatten wir von diesem Tag an einen eigenen Gruß, an dem jeder *Wilde Kerl* den anderen sofort erkannte.

Gib niemals auf!

In den nächsten Tagen hatten wir eine ganze Menge zu tun. Als erstes beschlossen wir unseren Namen. Das wäre das einfachste, dachten wir. ‚*Die wilden Fußballkerle*' wollten wir heißen, das war glasklar. Doch so hieß keine Fußballmannschaft der Welt. Die hatten alle eine Abkürzung vor oder hinter dem Namen. Die hießen FC wie Fußballclub, SV wie Sportverein, oder SPVG wie Spielvereinigung. Doch das klang alles ganz schrecklich: Bei ‚FC, SV oder SPVG *Die Wilden Kerle*' stellten sich unsere Ohren quer, und Socke fing an zu heulen. Schließlich kam einer mit diesem „e.V." Eingetragener Verein sollte das heißen. Doch so hieß höchstens ein Minigolf- oder Kegelverein. Verflixt. Was sollten wir tun? Ohne Abkürzung ging es nicht. Da sagte Marlon urplötzlich:

„e.W."

„e.W.?", fragte Leon verblüfft.

„Ja, ‚*Die Wilden Fußballkerle* e.W.'", grinste Marlon verschmitzt.

„Ja, das hab ich kapiert, du Klugscheißer!", blaffte Leon. „Aber hat das auch was zu bedeuten?

„Na, klar!", grinste Marlon. Er liebte es, seinen Bruder zu ärgern, besonders wenn dieser einmal wieder zu dickköpfig war, um irgendwas zu kapieren.

„Es heißt ganz schlicht und ganz einfach ‚erobern die Welt'."

Leon pfiff durch die Zähne und fluchte: „Verflixt. ‚*Die Wilden Fußballkerle* erobern die Welt'! Das hört sich gut an."

Doch dann runzelte er seine Stirn.

„Klingt das nicht ein bisschen bombastisch und vielleicht ein bisschen zu arrogant?"

„Na klar!", nickte Marlon. „Aber nur wenn man weiß, was es heißt, und immerhin bist selbst du nicht dahintergekommen."

Er grinste Leon frech an, und der wollte ihm schon eine verpassen, doch Marlon kam ihm zuvor.

„Verflixt! Die Abkürzung ist unser Geheimnis. Ein Geheimcode, der uns Mut machen soll. Verstehst du mich jetzt?"

„Klugscheißer!", antwortete Leon, doch dann grinste er und wir nahmen das Angebot seines Bruders einstimmig an.

Danach zog sich Marlon zurück. Mit Zeichenblock und Buntstiften verschwand er im obersten Stockwerk des Baumhauses, in Camelots Turm, um die Trikots, das Vereinswappen und die Spielerverträge für uns zu entwerfen. Von dort oben hörten wir zwei Tage nichts mehr von ihm und dort oben wäre er vor lauter Arbeit verhungert, hätte ihm Julis Mutter nicht ab und zu etwas zu essen gebracht.

Jojo, Markus, Fabi, Maxi, Joschka, Juli und Raban teilten sich auf, um einen Sponsor zu finden. In Zweiergruppen marschierten sie los und klapperten alle Autohäuser und Sportläden ab. Sie gingen stolz, entschlossen und mit hoch erhobenen Köpfen und keiner von ihnen zweifelte an ihrem Erfolg. Sie stritten sich höchsten darüber, wie viele Sponsoren sie für uns gewinnen könnten, und ob man selbst auf der Unterhose für jemanden werben kann.

Nur Leon und ich blieben in der Versammlungshalle zurück, um die Satzung zu schreiben. Zwei Tage zermarterten wir uns die Köpfe, doch schließlich brachten wir es auf den Punkt.

Am dritten Tag trafen wir wieder zusammen. Wir verschlossen alle Türen und Fenster, die es auf Camelot gab, und zündeten Kerzen an. Dann trat Marlon in unsere Mitte und zeigte uns, was er sich ausgedacht hatte. Er zeigte uns nur einen einzigen Entwurf, aber der, das sage ich euch, war phantastisch. Die Trikots hatten die einzig richtige Farbe. Sie waren schwarz wie die Nacht, die Stutzen leuchtend orange und auf der Brust prangte als Wappen ein *Wilder Kerl,* der so einfach und schnörkellos war wie wir selbst. Wir waren begeistert, und noch begeisterter waren wir über die Spielerverträge. Die sahen wie Piratenschatzkarten aus, geheimnisvoll, feierlich und natürlich unterschrieben wir sie mit unserem eigenen Blut. Das passte, auch wenn es ein bisschen weh tun würde und pieksen, denn jetzt lasen Felix und ich die Vereinssatzung vor.

Die erste Regel hieß einfach: „Sei Wild!" Und die Begründung dafür war unser Gruß, den die zweite Regel festhielt:

„Alles ist gut, solange du wild bist!"

Die dritte Regel hieß: „Gib niemals auf!"

Die vierte: „Einer für alle und alle für einen."

Und die fünfte und letzte lautete streng: „Wer die *Wilden Kerle* jemals verlässt, der ist ein Verräter."

Danach war es mucksmäuschenstill. Das klang verflixt ernst, aber es machte uns auch zu einem verschworenen Haufen, in dem jeder gleich wichtig war. Jeder konnte sich bedingungslos auf jeden verlassen und was gab es Wichtigeres für ein Team? Nein, mit diesen Trikots, den Spielerverträgen und unserer Satzung waren wir sogar noch mehr. Wir waren jetzt eine richtige Gang, so wie es die drei Musketiere gewesen waren oder auch die Männer um Robin Hood. Nur eines unterschied uns von ihnen. Wir kämpften nicht mit Schwertern und Bögen. Nein, wir kämpften auf dem Fußballfeld mit dem Ball.

Langsam standen wir auf. Es war immer noch still, und in dieser Stille kratzte einer nach dem Anderen seine Unterschrift unter den Vertrag. Dann bildeten wir einen Kreis, umarmten uns Schulter an Schulter und schworen, dass alles, was wir an diesem Tage beschlossen hatten, für immer gilt. Und wir schworen es mit einem markerschütternden: „RAAAA!"

Jetzt mussten wir uns nur noch um eine Kleinigkeit kümmern. Wir mussten den Sponsor auswählen, der uns die Trikots bezahlt. Erwartungsvoll schauten wir zu den sieben Freunden, die das organisiert hatten, doch die wurden plötzlich ganz still.

Es gäbe keinen Sponsor, stammelten sie und scharrten verlegen mit ihren Füßen. Dabei hätten sie wirklich alles versucht. Sie wären bei jedem Autoverkäufer gewesen, in jedem Sportgeschäft, ja, und sie hätten danach sogar Tankstellen, Tabakläden und Spielzeuggeschäfte besucht. Aber überall hätte man sie nur ausgelacht. Manchmal höflich und freundlich, manchmal aber auch richtig gemein. Ein Tabakhändler, so ein fieser und fetter, mit einer Stimme, die direkt aus einer Teerküche kam, wäre am schlimmsten gewesen. Er hätte sie grinsend gefragt, ob sie ihn denn auch sponsern würden, wenn er sich als Mr. Universum bewarb. Nee, hätte Fabi sofort und bissig geantwortet. Nie im Leben täte er das. Aber wenn sich der Tabakhändler einmal dazu durchringen sollte, sich als Fass Teer für den Straßenbau zur Verfügung zu stellen, dann würde er, Fabi, sofort in ihn investieren. Danach hätten sie alle den Kopf eingezogen. So etwas sagte man niemandem ungestraft. Doch der Tabakhändler hätte nur heiser gelacht, so heiser, dass sie geglaubt hätten, er würde ersticken. Doch leider hätte er es überlebt, denn jetzt wäre die größte Gemeinheit gekommen.

„Gut“, hätte er böse gejapst. „Das war wirklich nicht schlecht. Aber dann wisst ihr ja auch, was ich von euch als Fußballern halte.“

Leon, Marlon und ich konnten es einfach nicht fassen. Das war doch nicht möglich. Wir waren so kurz vor dem Ziel. Da rutschte Raban nervös hin und her und meldetet sich wie in der Schule zu Wort.

„Ähem. Einen Sponsor gibt es vielleicht!“, stammelte er und sofort hingen alle an seinen Lippen.

„Mein Onkel ist Metzger“, fuhr Raban fort und der würde uns gern unterstützen. Wenn wir sein Zeichen auf der Brust tragen, spendiert er jedem von uns für jedes Spiel eine Wurst.“

Stolz zeigte uns Raban das Geschäftszeichen seines Onkels. Es war eine Wurst auf zwei Beinen mit einem grinsenden Schweinegesicht.

„Ist das wirklich dein Ernst?“, fauchte Leon ihn an, doch Raban blieb zuversichtlich.

„Wir könnten die Würste verkaufen“, meinte er ernst.

„Ja, natürlich können wir das.“ Leon konnte es einfach nicht fassen. „Und wie heißen wir dann?“, fragte er. „Die Wilden Würste?“

Jetzt hatte auch Raban begriffen. Er sah das Entsetzen in unseren Gesichtern und senkte betreten den Kopf.

„Dann müssen wir halt auf die Trikots verzichten.“

Das klang ganz schrecklich, aber er hatte Recht. Der Plan meiner Mutter war damit gescheitert. Ohne Trikots waren wir kein richtiges Team.

„Nein. Das geht nicht“, protestierte Fabi. „Das verstößt gegen Punkt drei unserer Satzung: ‚Gib niemals auf!‘ Das haben wir alle geschworen.“

Verflixt, auch er hatte Recht, und ich hab es euch doch schon am Anfang gesagt. Fabi ist für alles zu haben. Er hat immer eine Lösung parat. Für ihn existiert das Wort ‚Klemme‘ gar nicht. Ja, und natürlich hatte er auch dieses Mal einen Plan: „Ich hab da einen Freund“, sagte er, „und mit dem hab ich mich schon zweimal sehr gut verstanden. Den werden wir morgen besuchen. Wir müssen nur unsere Sparschweine mitbringen, ja, Gel in den Haaren kommt bestimmt gut und dann brauchen wir noch unsere Sonnenbrillen.“

Wir verstanden kein Wort. Aber das war eben Fabi, und wir vertrauten ihm blind.

Ein Angebot, das man nicht ablehnen kann!

Am nächsten Tag nach der Schule folgten wir Fabi in die Stadt. Jeder von uns hatte Gel im Haar, trug eine pechschwarze, echt coole Sonnenbrille und sein Sparschwein, seine Taschengelddose, sein Kopfkissen, sein ausgehöhltes Kuscheltier oder worin er sonst sein Geld aufhob, unter dem Arm. Aber wir wussten immer noch nicht, was Fabi vorhatte, bis wir vor der Sparkasse standen: der Sparkasse von Maxis Vater, und die war genauso piekfein wie die Alte Allee.

Maxi hielt noch nicht einmal an. Er wirbelte auf der Stelle herum und marschierte entschlossen den Weg zurück, den wir gekommen waren. Mit der Sparkasse seines Vaters wollte er nichts zu tun haben, und wenn ich ehrlich bin, wollte das keiner von uns.

Wir dachten nur an das Henkersbeil und den lebenslänglichen Hausarrest, den man in der Sparkasse von Maxis Vater für zerschossene Fensterscheiben bekam. Am liebsten wären wir alle mit Maxi gegangen, doch das hatte überhaupt keinen Sinn. Eine Flucht war unmöglich und auch Maxi kam nicht sehr weit.

„Halt, Maxi, keinen Schritt weiter!“, befahl Fabi in einem

Ton, der Maxi gleichzeitig herumwirbeln ließ und auf dem Bürgersteig festnagelte.

„Wir haben alle auf die Satzung geschworen. Deshalb gelten für uns alle Regel drei, vier und fünf. Hast du das schon vergessen?"

Maxi schüttelte den Kopf. Er sah wirklich verzweifelt aus. Doch er konnte nicht anders. Er drehte sich um und ging noch weiter weg. Fabi sah ihm für ein paar endlose Herzschläge hinterher. Dann sagte er laut, aber ganz ruhig:

„Maxi, Regel drei: Gib niemals auf! Regel vier: Einer für alle und alle für einen. Und Regel fünf: Wer die *Wilden Kerle* jemals verlässt, der ist ein Verräter!"

Maxi ging noch zwei Schritte weiter. Dann blieb er stehen, drehte sich um und kam schließlich mit hängenden Schultern zurück. Fabi nickte und lächelte. Er wartete, bis Maxi bei ihm war. Dann legte er ihm den Arm um die Schulter: „Hey, Maxi, siehst du, so schlimm ist das doch gar nicht. Und ich versprech's dir: Wir rauben die Bank deines Vater nicht aus."

Er grinste verschmitzt.

„Wir machen deinem Vater nur ein Angebot, das er nicht ablehnen kann."

Dann wandte er sich an uns.

„So, und ihr macht ab jetzt nur noch das, was ihr immer macht, wenn ihr so viel Schiss habt wie ich. Ihr schaut verflixt cool aus der Wäsche. Den Rest überlasst bitte mir. Ich weiß, was ich tue. Mein Vater hat es mir selbst erzählt. So hat die berühmteste Rock Band der Welt, die Rolling Stones, mal den besten Plattenvertrag der Geschichte bekommen."

Wir verstanden immer noch kein einziges Wort, doch genau das gehörte zu Fabis Plan. Das weiß ich heute, doch damals war ich mir überhaupt nicht so sicher, denn als Fabi einen Augenblick später die Tür zur Sparkasse aufstieß, pfiff er wieder dieses Lied, das sein Vater immer pfiff, wenn er die Hosen voll hatte: ‚Knock, Knock, Knocking on Heaven's Door'.

Aber was blieb uns noch anderes übrig ... Wir brauchten die Trikots!

Die Sparkassenangestellten sahen uns an, als hätten wir nicht mehr alle Tassen im Schrank, und mit einem Seitenblick auf Raban, der mit Gel in den Haaren, Sonnenbrille und seinem rot-weiß-getupften Sparkopfkissen unter dem Arm, direkt neben mir stand, konnte ich diese Reaktion auch verstehen. So etwas hatten sie bestimmt noch nie in ihrem Leben erlebt.

In der Sparkasse wurde es schlagartig still und das einzige Geräusch, das diese Stille durchbrach, war Fabis Pfeifen. Der schaute von einem Bankangestellten zum nächsten, runzelte seine Stirn, kratzte sich hinter dem Ohr und schließlich versickerte sein Pfeifen wie ein Rinnsal im Sand.

Die Stille war jetzt richtig peinlich. Doch peinliche Situationen gehören zu den Situationen, in denen Fabi über sich hinauswachsen kann, und auch dieses Mal fand er zu seinem unwiderstehlichen Grinsen zurück.

„Guten Tag, meine Damen und Herren", sagte er höflich

aber bestimmt, „Sie werden es nicht glauben, aber wir möchten zu Ihrem Direktor.“

Einer der Sparkassenangestellten verschluckte sich fast, so bemühte er sich, sein Entsetzen zu verbergen. Er würgte und hustete und schließlich brachte er eine Antwort heraus: „Entschuldigung, aber weißt du, unser Direktor ist ein viel beschäftigter Mann.“

„Ja, das wissen wir schon“, antwortete Fabi verständnisvoll.

„Auch zu Hause ist er sehr angespannt. Aber leider Gottes haben wir einen Termin."

„Was du nicht sagst!", spöttelte der Sparkassenangestellte, schielte zu seinen Kollegen und verdrehte die Augen. „Einen Termin mit dem Herrn Direktor?"

„Ja, ganz genau", erwiderte Fabi, durch den Spott uneingeschüchtert, „so langsam verstehen wir uns, denke ich."

Der Sparkassenangestellte verschluckte sich wieder, schnappte nach Luft und wollte was sagen, doch Fabi kam ihm zuvor.

„Wenn Sie uns jetzt bitte anmelden würden?", grinste er. „Sagen Sie dem Herrn Direktor einfach nur, dass die Herren vom W.K.e.W. eingetroffen sind."

Der Sparkassenangestellte war völlig verdattert, doch Fabis Grinsen und seine absolut entschlossenen Augen ließen keinen Widerspruch zu. Der Sparkassenangestellte gehorchte und stolperte in seines Direktors, der gleichzeitig Maxis Vater war, Büro. Wir bekamen die Muffe.

„Bist du verrückt!", raunte ich Fabi zu. „Was redest du da von einem Termin?"

„Ich rede von dem Termin, den wir haben", grinste Fabi zurück. „Ich hab Maxis Vater gestern selbst angerufen und ihm erklärt, dass wir uns mit unserer Firma hier in dieser Stadt ansiedeln möchten."

„Mit welcher Firma denn?", fragte ich.

„Mit den *Wilden Kerlen* natürlich", antwortete Fabi. „Ich hab sie nur ein bisschen verschlüsselt und abgekürzt. W.K.e.W.

Kapierst du das jetzt?"

„Und das hat er dir so einfach geglaubt?"

„Ja, ich hab natürlich meine Stimme verstellt. Ungefähr so ..." Fabi redete jetzt ganz tief. „... Wissen Sie Herr Maximilian, es gibt ja viele Banken vor Ort, aber ..."

„Ja, aber?", unterbrach ich ihn ungeduldig.

„Da hat er drei andere Termine sofort abgesagt, nur um sich mit uns zu treffen. Ich sag dir, er ist ganz wild darauf. Schau doch mal!", grinste Fabi.

Maxis Vater stürmte rückwärts aus seinem Büro und stauchte dabei seinen Angestellten zusammen.

„Ihr Verhalten ist absolut geschäftsschädigend. Herr Weber, schreiben Sie sich das bitte hinter die Ohren. Natürlich treffe ich mich mit den Herren von der W.K.e.W. "

Doch eine Nanosekunde später bereute er diese Standpauke schon. Er drehte sich zu uns herum und erstarrte.

„Weber!", schrie er. „Was hat das hier zu bedeuten?"

Auch wir erstarrten und hätten uns am liebsten unter dem Marmorfußboden verkrochen. Joschka zupfte nervös an seinem ausgehöhlten Kuscheltier, und Raban lutschte am Zipfel seines Sparkopfkissenbezugs. Nur Fabi hatte das alles geplant.

„Guten Tag, Herr Maximilian!", sagte er mit seiner zu tiefen Stimme, grinste und redete wieder normal. „Es ist sehr freundlich, dass Sie uns Ihre Zeit zur Verfügung stellen. Kommt, Männer!", sagte er und ging an dem verdatterten Sparkassendirektor vorbei in dessen Büro.

Wir folgten ihm mit sehr weichen Knien und als letzter rauschte Maxis Vater in das Zimmer hinein und schlug die Tür hinter sich zu.

„Was hat das hier zu bedeuten?“, fauchte er. „Was denkt ihr euch, wer ich bin? Was glaubt ihr, was meine Angestellten jetzt von mir denken?“

Wir zuckten zusammen, doch Fabi blieb cool.

„Genau deshalb sind wir ja hier!“, lächelte er. „Aber zuerst muss ich Ihnen etwas erklären. Warum setzen Sie sich nicht, Herr Maximilian. Wir brauchen nur zehn Minuten und ich versichere Ihnen schon jetzt, dann sind wir uns einig.“

Maxis Vater schnappte nach Luft. Ich war fest davon überzeugt, dass er gleich Feuer spucken würde, um uns mit einer Stichflamme zu vernichten. Ich zog schon den Kopf ein, da wurde er von Fabis unwiderstehlichem Grinsen hypnotisiert und setzte sich brav hinter den Schreibtisch.

„Also gut, zehn Minuten. Ich warte!“, sagte er und Fabi verlor keine Zeit. Er erzählte ihm die ganze Geschichte, von Rocce, Ribaldo und Willi, der uns zum Teufel gejagt hatte, und dem deshalb unausweichlichen Spiel gegen die *Bayern*. Er erzählte ihm von unserem Verein, den Verträgen, der Satzung und der Notwendigkeit eigener Trikots. Nur so würden uns die *Bayern* ernst nehmen, doch leider sei das ein Teufelskreis. Für die Trikots bräuchten wir Sponsoren, doch die Sponsoren bräuchten den Sieg, für den die Trikots notwendig wären und deshalb wären wir hier.

Fabi machte eine bedeutungsschwangere Pause, und Maxis Vater lehnte sich hinter seinem monumentalen Schreibtisch zurück. Für einen Moment dachten wir, Fabi hätte ihn kräftig beeindruckt, doch das stellte sich als eine absolute Fehleinschätzung heraus. Maxis Vater sah nur auf die Uhr und sagte: „Das waren jetzt acht. Ihr habt noch genau zwei Minuten.“

Fabi holte tief Luft. Dann sagte er schlicht: „Okay. Sie haben Recht. Kommen wir endlich zu unserem Geschäft. Ich hab drei Angebote für die Trikots eingeholt und das mittlere scheint vernünftig zu sein. 800 Euro. 400 davon kommen von uns. Los, Männer, legt eure Sparbüchsen auf den Tisch.

Der Rest kommt von Ihnen, ähem, ich mein Ihrer Bank, bis das Spiel stattgefunden hat. Zu diesem Spiel werden wir all die Sponsoren einladen, die uns bisher nicht vertrauen. Doch nach unserem Sieg, darauf können Sie sich verlassen, werden die unsere Schulden nur zu gerne begleichen."

Fabi wartete siegesgewiss, doch Maxis Vater musterte nur den Berg aus Sparschweinen, Sparbüchsen, Zigarrenschachteln, ausgehöhlten Kuscheltieren und Kopfkissen auf seinem Tisch, den wir auf Fabis Aufforderung hin vor ihm abgeladen hatten.

„Und was macht ihr, wenn ihr verliert?", fragte er kühl.

„Das nennt man Risiko!", grinste Fabi ihn an. „Ohne Risiko macht man heute überhaupt keine Geschäfte."

Maxis Vater grinste zurück.

„Ihr habt noch eine Minute und ich sag es euch gleich: Dieses Risiko ist kein Risiko mehr. Das ist ein Himmelfahrtskommando."

Fabi nickte gedankenverloren.

„Das verstehe ich", sagte er. „Das verstehe ich wirklich."

Doch dann seufzte er tief.

„Schade nur, dass wir uns trotzdem einigen müssen. Wissen Sie, wir wollen nicht bösartig sein, aber wir haben keine andere Wahl. Wir brauchen die Trikots. Ja, und deshalb muss ich Sie an Ihre Angestellten erinnern. Die ziehen bestimmt schon jetzt über Sie her, weil sie so lange mit uns verhandeln. Ja, und was würden die wohl tun oder sagen, wenn Sie erführen, dass Ihr Sohn zwei Wohnzimmerfenster auf einmal zerschießen darf und nicht einen Tag Hausarrest dafür von Ihnen bekommt, nur weil Ihre Tochter wie ein verrückt gewordener Cheerleader tanzt. Glauben Sie wirklich, dass diese Informationen Ihre Autorität als Sparkassendirektor in irgendeiner Form unterstützen?"

Das war das Angebot, von dem Fabi gesprochen hatte und das Maxis Vater nicht ablehnen konnte. Der lehnte sich jetzt ganz cool in seinen Sessel zurück, doch an den Schweißperlen auf seiner Oberlippe konnten wir sehen, dass er bluffte.

„Das würdet ihr tun?", fragte er und schaute uns einen nach dem anderen an.

„Das würdest du tun?", fragte er Maxi, seinen eigenen Sohn.

Doch Maxi und wir sagten nichts. Wir hörten auf Fabi und jetzt erkannten wir den Sinn seines Plan. Mit dem Gel im Haar und den Sonnenbrillen wirkten wir bedingungslos unbarmherzig, und deshalb nahm Maxis Vater unser Angebot an.

„Also gut", seufzte er. „Ihr habt gewonnen. Aber wenn ihr gegen die *Bayern* verliert und keinen Sponsor bekommt, werde ich höchstpersönlich die Trikots beschlagnahmen. Ist euch das klar?"

Wir nickten, und dann rannten wir so schnell wie möglich aus der Sparkasse raus. Jetzt hatten wir alles, was wir für unseren Plan brauchten. Jetzt konnten wir die *Bayern* besiegen. Oder, halt! Nein! Einer fehlte uns noch: unser Trainer. Ja, Willi! Würde er uns wirklich, so wie ich es vorausgesagt hatte, wieder trainieren? Oder würde er uns wieder wegschicken, weil er auch jetzt noch nicht an uns glaubte?

In diesem Fall, das wussten wir alle, bräuchten wir auch die Trikots nicht mehr. Dann würden wir nie wieder Fußball spielen.

Dann würden wir uns gegenseitig aus unserem Schwur entlassen und einen Bastelkurs für Weihnachtsschmuck belegen. Ja, das würden wir tun, und davor hatten wir Angst.

Das wollte keiner von uns und deshalb schlug uns das Herz im Hals wie ein verrücktes Kaninchen, als wir nach unserem Sieg in der Sparkasse direkt zum Bolzplatz liefen, um Willi zu fragen.

Alles auf eine Karte

„Und, was ist? Bist du dabei?“, fragte Leon so cool, als stünde nichts auf dem Spiel.

Willi saß seelenruhig im Schaukelstuhl vor dem Kiosk und schaute sich das an, was wir ihm mitgebracht hatten: Die Trikotentwürfe, die Satzung und die Spielerverträge.

„Los, entscheide dich, Willi. Wir warten nicht ewig auf dich!“, forderte Leon, und noch nicht einmal ich glaubte in diesem Moment, dass er bluffte.

Ja, und auch Willi glaubte das nicht. Er sah uns jetzt an und zum Glück, das sage ich euch, trugen wir immer noch unsere Sonnenbrillen, sonst hätte Willi das Betteln in unseren Augen gesehen. Nachdenklich schob er seine Baseballmütze in den Nacken zurück und kratzte sich an der Stirn.

„Ähem. Verflixt! Ihr habt euch ziemlich verändert“, murmelte er. Dann warf er einen erneuten Blick auf die Satzung und die Verträge.

„Und das hier klingt ziemlich ernst, finde ich. So wie ‚Ich setze alles auf eine einzige Karte‘.“

Er kratzte sich noch mal an der Stirn.

„Wenn ihr gegen die *Bayern* verliert, seid ihr, was euer Taschengeld angeht, für die nächsten zwei Jahre definitiv ruiniert.“

Er musterte uns, doch wir zogen uns mit eisernem Schweigen hinter unsere Sonnenbrillen zurück.

„Ich weiß nicht“, grübelte Willi, „aber so muss es wohl sein. Ja, und irgendwie werd ich den Eindruck nicht los, dass eure Sonnenbrillen ’ne verflixt coole Kriegsbemalung darstellen. Hab ich da Recht?“

Jetzt mussten wir lächeln. Ja, selbst Leon konnte sich vor lauter Erleichterung ein Lächeln nicht mehr verkneifen. Nur Willi blieb ernst.

„Schade", seufzte er. „Es ist echt jammerschade, dass ich euch so nicht trainieren kann."

Das Lächeln erstarb in unseren Gesichtern, unsere Knie wurden ganz weich, und wir taumelten alle ein paar Schritte zurück. Doch Willi war noch nicht fertig.

„Ich mein, das müsst ihr doch alle verstehen. Ich seh hier ausschließlich Spielerverträge, aber keinen einzigen Trainervertrag. Wie soll ich da arbeiten können? Ich weiß doch, dass so ein Trainerstuhl heutzutage 'n Schleudersitz ist. Da komm ich ohne Vertrag gar nicht aus."

Oh, mein Gott! War das alles? Mir fiel eine ganze Lawine aus Felsbrocken von der Brust, und Marlon kramte wie wild in seinem Rucksack herum.

„Aber das stimmt doch gar nicht, Willi!", rief er und strahlte über sein ganzes Gesicht. „Hier ist er. Das hier ist dein Trainervertrag."

Er überreichte ihn Willi. Der rollte ihn auf und las ihn laut und ganz genau durch:

„Trainervertrag für den besten Trainer der Welt. Als Kleingedrucktes gilt unsere Satzung. Deshalb gibt es keinen Kündigungsgrund. Es sei denn, man wird zum Verräter oder man ist nicht mehr wild und tritt freiwillig in einen Bastelverein für Weihnachtsschmuck ein."

Willi überlegte und kratzte sich ein weiteres Mal an der Stirn.

„Puh. Das ist verflixt noch mal ernst. Ich weiß nicht", murmelte er und gab Marlon den Vertrag wieder zurück.

„Ich weiß wirklich nicht, wo mein Messer ist. Verflixt und zugenäht! Wo hab ich es nur?“, schimpfte er, durchsuchte all seine Taschen, fand es irgendwann endlich, klappte es auf, ritzte sich in den Daumen und drückte ihn mit unserem Schwur auf seinen Vertrag.

„Alles ist gut“, gelobte er feierlich und in den zweiten Teil fielen wir alle begeistert mit ein: „... solange du wild bist!“

Dann schrieben wir alle zusammen einen Brief an die *Bayern*. Sonntag in drei Wochen wollten wir gegen sie spielen. Das schlugen wir vor, denn in drei Wochen würden wir unsere Trikots bekommen und drei Wochen wären auch genug Zeit, dafür zu trainieren. Davon gingen wir mit unserem neu erwachten Kampfgeist und Selbstbewusstsein auf jeden Fall aus, aber zum Glück ahnte niemand von uns, wie gut die *Bayern* in Wirklichkeit sind.

Die Herausforderung

Am nächsten Morgen nahmen wir den Brief mit zur Schule. Niemand anderes als Rocce sollte und durfte den *Bayern* unsere Herausforderung überbringen. Das mussten wir noch nicht einmal diskutieren. Das war eine Frage von Ehre und Stolz. Rocce und sein eingebildeter Vater sollten als Erste erfahren, dass wir nicht aufgeben würden.

Wir trafen uns auf der Treppe, die vom Pausenhof zum Schulgebäude hochführte.

„Alles ist gut!“, grüßten wir die, die schon da waren, und „Solange du wild bist!“, antworteten die, die noch kamen.

Dann setzten wir uns auf die Stufen. Das erste Klingeln ertönte und die anderen Kinder strömten an uns vorbei in ihre Klassen hinein. Der Schulhof wurde zum Geisterplatz. Das Wetter stand immer noch Kopf. Mitten im Juni war es so kalt und so grau wie im tiefsten November. Windböen wehten den Staub aus den Ecken und trieben ihn wie Nebelschleier über den rauen Asphalt. Wir konnten den Eingang des Schulhofs kaum noch erkennen und deshalb sah uns Rocce auch nicht, als er endlich erschien.

Wie jeden Tag kam er in letzter Minute und wir wussten, warum er das tat: Seit unserem Besuch bei ihm zu Hause im Himmelstor Nr. 13 ging er uns aus dem Weg und auch wir hatten ihn seitdem ignoriert. Deshalb rechnete Rocce bestimmt nicht damit, dass wir hier auf ihn warteten.

Langsam, den Blick auf die Füße gerichtet, trottete er auf uns zu. Für einen Moment war ich richtig verblüfft. So wie Rocce da auf uns zukam, sah er gar nicht mehr aus wie der strahlende Junge, den wir am ersten Tag nach den Pfingstferien kennengelernt hatten. Vielleicht lag es ja nur am trostlosen Wetter, aber so, wie Rocce jetzt auf uns zukam, sah er traurig, einsam und unglücklich aus. Für einen kurzen Moment vergaß ich, was er uns angetan hatte und dass er unser Feind war. Für einen kurzen Moment glaubte ich fast, dass er uns vermisste. Besonders als er uns entdeckte. Da huschte ihm ein Lächeln wie ein Sonnenstrahl übers Gesicht. Doch dann erkannte er, was wir wollten. Das Lächeln verschwand und die Einsamkeit und die Traurigkeit wichen einem eiskalten Stolz. Ja, Rocce war mit Sicherheit nicht weniger wild als wir selbst. Er hätte perfekt in unsere Mannschaft gepasst. Aber das stand jetzt leider nicht zur Debatte. Jetzt war er unser Gegner und Feind. Aufrecht und stolz schritt er direkt auf uns zu.

Und er zuckte auch nicht zusammen, als wir uns auf ein Zeichen von Leon alle erhoben. Wie eine dunkle, bedrohliche Mauer versperrten wir ihm den Weg und für einen Moment hörte man nur das Pfeifen des Windes. Dann trat Leon einen

Schritt auf ihn zu und die beiden berührten sich fast mit den Nasen. „Hallo, Leon!“, begrüßte Rocce ihn tonlos, doch Leon hatte keinen Sinn für solche Formalitäten.

„Du weißt, warum wir hier auf dich warten?“, fragte er Rocce, wie man einen Feind nun mal fragt.

Rocce nickte nur mit den Augen.

„Okay!“, nickte Leon zurück. „Dann bring diesen Brief zu den *Bayern*.“

Er drückte Rocce unseren Brief vor die Brust. Der nahm ihn und sah ihn sich an. Der Umschlag war schwarz wie die Nacht und mit unserem Wappen als Siegel verschlossen. Wieder huschte ein Lächeln durch Rocces Gesicht. War es Freude, wie ich jetzt schon zum zweiten Mal dachte, oder war es nur Spott. Leon auf jeden Fall entschied sich für Spott.

„Und noch eins. Sag deinem Vater und allen, die so denken wie er: Wir lassen uns nichts mehr gefallen.“

Leons Blick war pure Feindschaft, doch er blieb cool. Lässig trat er zur Seite und ließ Rocce vorbei. Der aber zögerte noch. Einen nach dem anderen sah er uns an. Zuletzt sah er mir so tief in die Augen, dass ich ein schlechtes Gewissen bekam. Erst dann ging er wortlos die Treppe hinauf und in das Schulgebäude hinein. Leon sah ihm nach und ballte die Faust.

„Yeah!“, rief er und hob die Hand zum High Five: „Alles ist gut!“

„Ja, solange du wild bist!“, antwortete Fabi und schlug in Leons Hand ein. Dann folgten wir Rocce in unsere Klasse.

Der Rasen wird rot

Die nächsten zwei Wochen vergingen wie im Flug. Wir trainierten jetzt täglich und mit unserem Eifer kehrte der Sommer zurück. Willi nahm uns so richtig hart ran, aber im Gegensatz zum Training vor dem Spiel gegen die *Unbesiegbaren Sieger* in den Mücken verseuchten Sümpfen am Fluss, rebellierte keiner von uns. Wir waren bereit, alles zu geben, und ohne zu murren wiederholten wir jede Übung so lange, bis Willi zufrieden war.

Stundenlang spielten wir Mann gegen Mann und kämpften um den Ball wie um den Schatz in der Sierra Madre. Wir rammten die Schultern gegeneinander, grätschten im letzten Moment nach dem Ball und blieben keine Nanosekunde am Boden, sondern sprangen sofort wieder auf, um weiterzukämpfen.

Wir stoppten den Ball aus jeder erdenklichen Höhe mit dem Fuß, dem Oberschenkel, dem Bauch, der Brust und dem Kopf.

Dann stoppten wir nicht mehr, sondern spielten ihn mit den gleichen Körperteilen direkt weiter oder legten uns den Ball im Lauf selbst zum Schuss vor.

Bissigkeit, Schnelligkeit und Spielübersicht, das war es, was Willi von uns verlangte: und Abwehrarbeit. Jeder von uns musste überall sein. Ja, selbst Leon, unser Torjäger, musste bei jedem Gegenangriff mit in die Abwehr zurück. Wir rannten und rannten und rannten, bis uns die Zunge so weit aus dem Mund heraushing, dass wir auf sie drauftreten konnten, und trotzdem rannten wir weiter. Wir rannten und rannten, bis uns trotz aller Entschlossenheit die Beine versagten.

Mitten im Spurt, im Sprung, beim Torschuss knickten wir weg und fielen ins Gras, als hätte uns jemand mit der Sense erwischt, aber es war nur die totale Erschöpfung. Wie tot lagen wir da, und nie im Leben würden wir uns jemals wieder erheben, dachten wir in diesem Moment. Doch dann kam Willi, verteilte die Apfelsaftschorle, sah zu, wie sie, bevor sie die Zunge erreichte, bereits auf unseren trockenen Lippen verdampfte, wartete ruhig, bis wir wieder Luft holen konnten, und baute uns auf.

„War das etwa schon alles?", fragte er trocken und ernst und wir schauten aus großen und glasigen Augen zu ihm empor. „Wenn das so ist, könnt ihr das Spiel gegen die *Bayern* vergessen. Ist euch das klar? Die sind nicht nur in der Bundesliga die beste Mannschaft der Welt. Nein, auch die Jugendmannschaften der *Bayern* sind nicht zu besiegen. Das werdet ihr sehen. Sobald der Anpfiff ertönt, wechselt der Rasen sofort seine Farbe. Aus grün wird dann rot. Die haben nämlich nicht nur einen Juli „Huckleberry" Fort Knox. Die haben sieben davon. Ihr werdet euch fühlen, als spielten 28 Mann gegen euch und ihr wärt allein auf dem Platz. Also, worauf wartet ihr noch? Steht endlich auf!"

Doch wir blieben liegen. Wir konnten nicht mehr und in diesem Moment dachten wir nur: Was hat das alles für einen Sinn? Da kam Willi zu mir, gerade zu mir, und nicht zu Leon oder zu Fabi. Er ging vor mir in die Hocke und fragte mich: „Was ist eigentlich mit deinem Asthma los, Felix? Ich mein, wenn ich zu viel von dir fordere, pfeifst du doch sofort aus dem letzten Loch."

Ich schaute ihn überrascht an. Dann holte ich vorsichtig Luft. Ich erwartete das übliche Pfeifen und den Schmerz in der Lunge, doch nichts davon war in dem Moment da. Verflixt, und es fiel mir wie Schuppen von meinen Augen. Seid dem Apfelkompottrevolverheldenduell mit meiner Mutter hatte ich keinen Hustenanfall mehr bekommen. Ich sah Willi an.

„Du forderst halt nicht zu viel von mir!", sagte ich lächelnd und Willi lächelte auch.

„Ja, und ihr werdet von Tag zu Tag besser. Ich bin verflixt stolz auf euch, wisst ihr das?"

Da stand ich auf. Ich konnte nicht anders. Ich musste es tun, um meine Rührung und Freude vor ihm zu verbergen, aber ich hatte noch einen anderen Grund: Ich war plötzlich überhaupt nicht mehr müde.

„Hey! Willi hat Recht! Wir werden jeden Tag besser!", rief ich den anderen zu und steckte sie mit meiner Kraft an. Dann trainierten wir weiter, und am Abend schwebten wir wie auf Wolken nach Hause.

Kennt ihr dieses Gefühl, wenn der Körper total erschöpft ist und man sich trotzdem federleicht fühlt? Verflixt, war das gut. Wir gingen alle gemeinsam nach Hause und jeder, der sich verabschieden musste, sagte absolut überzeugt:

„Alles ist gut!“

Und die anderen antworteten:

„Ja, solange du wild bist!“

Und sie meinten es genauso ehrlich und ernst.

Die Hilfe des Pinguins

Am fünfzehnten Morgen nach unserer Herausforderung kamen wir in die Schule und dieses Mal wartete Rocce auf uns. Wie wir vor zwei Wochen saß er auf den Stufen, die vom Pausenhof zum Eingangsportal hinaufführten. Doch er stand nicht auf, als wir kamen. Er blieb sitzen, zog den Brief aus seiner Tasche hervor und hielt ihn uns wortlos hin. Dabei sah er uns an und ich dachte, wie kann man nur so unglücklich sein. Aber vielleicht, dachte ich, ist er auch nur cool und verflixt arrogant und das passte ja, wie ich wusste, zu ihm.

Auf jeden Fall trauten wir uns nicht, Rocces Brief auf der Stelle zu öffnen. Wir kamen vor Neugier fast um, bis die Schule aus war, und wir uns mit Willi treffen konnten. Auf dem Bolzplatz nahm er sein Taschenmesser und schlitzte den Briefumschlag auf. Dann entfaltete er das Papier, las es zweimal leise für sich, schob die Mütze in den Nacken zurück und kratzte sich an der Stirn. Dann erst las er uns den Brief vor:

„Liebe *Wilde Kerle*!", las er und wir seufzten, stöhnten vor Schmerz und rollten mit unseren Augen. Was sollte das für eine Anrede sein? Liebe und wild: Das passte doch wohl überhaupt nicht zusammen.

„Liebe *Wilde Kerle*!“, wiederholte Willi noch einmal und auch er konnte seinen Zorn kaum verbergen. „Liebe *Wilde Kerle!* Wir danken euch sehr für eure ‚Herausforderung'. Herausforderung in Anführungsstrichen“, wiederholte Willi erbost. „Aber leider ist die E-Jugend Mannschaft unseres Vereins, was Freundschaftsspiele betrifft, komplett ausgebucht. Mit freundlichen Grüßen, die Jugendleitung.“

Willi schaute auf uns herab und musterte uns.

„Aber das ist noch nicht alles“, sagte er. „Ein P.S. steht hier noch. P.S.: Bitte, liebe *Wilde Kerle*, habt auch Verständnis dafür, dass sich der *FC Bayern* seine Gegner selber aussucht. Deshalb können weitere Anfragen nicht mehr beantwortet werden.“

Danach war es still. So still, dass man unsere Wut fühlen und riechen konnte. Sie braute sich zusammen wie ein Unwetter hinter dem Horizont, türmte sich auf und brach dann wie ein Vulkan aus ...

„Das ist eine Unverschämtheit!“, rief Marlon.

„Diese arroganten Weicheier!“, fluchte Leon.

„Die können mich mal kreuzweise vorne und hinten!“, schimpfte Fabi. Und ich fügte zornig hinzu: „Die nehmen uns einfach nicht ernst! Die denken gar nicht daran, dass sie gegen uns spielen.“

Verflixt! Nach diesen beiden Sätzen waren wir sprachlos. Die Wut zischte aus uns heraus wie aus einem angestochenen Heißluftballon.

Was konnten wir einer solchen Abfuhr entgegnen? Das war wie die Wettervorhersage: Morgen regnet es. Basta und Schluss! Gegen so etwas ist man absolut machtlos. Wütend trat Leon die Grasnarbe auf.

„Diese verflixten Weicheier!“, schimpfte er, „Wisst ihr was? Die haben uns doch gar nicht verdient!“

Er schaute uns an, als könnte das ein Trost für uns sein, doch das war es nicht. Wortlos, enttäuscht und ein zweites Mal bis auf die Knochen gedemütigt setzten wir uns auf den Rasen und rupften wie eine dumme Schafherde die Grashalme aus. Selbst Willi tat das und es half ihm auch nichts, wenn er sich die Mütze zurück in den Nacken schob und seine zerfurchte Stirn kratzte. Auch ihm fiel nichts ein.

Da durchbrach Markus die Stille.

„Leon hat Recht. Die haben uns gar nicht verdient. Ja, ganz genau, und ich denke, so kriegen wir sie. Kommt!“

Markus sprang auf

„Los! Macht schon. Wir haben keine Zeit zu verlieren! Es ist schon halb zwei und wir müssen mit Edgar gesprochen haben, bevor meine Mutter aus der Salatschüssel steigt.“

Wir verstanden kein einziges Wort, doch Markus rannte schon los und uns blieb nichts anderes übrig, als ihm zu folgen.

„Wisst ihr!“, erklärte er uns, während wir rannten. „Meine Mutter ist Schauspielerin. Deshalb trägt sie ständig Gurken oder Quark im Gesicht. Jeden Tag bis um zwei. Und dann kommt meistens die Presse. Die druckt den Quark und die Gurken dann in ihren Zeitungen ab. Ja, und Edgar ist derjenige, der das alles koordiniert."

„Koordiwas?", fragte Joschka.

„Er sucht die Journalisten aus und passt auf, was sie schreiben. In der Politik heißt das Propaganda, glaub ich, oder Zensur."

„Propalatsch, Kordinat und Senfuhr. Ich verstehe", sagte Joschka ganz wichtig, drängte sich vor und klingelte für Markus an der Tür der Villa, die so groß wie ein Burgtor war.

Nur einen Augenblick später öffnete uns Edgar der Pinguin. Ehem, ich meine, Edgar der Butler, nur sein komischer Anzug sah wie das Federkleid eines Pinguins aus. Sein Gesicht war aus Holz geschnitzt und seine Nase hing in den Wolken. Das machte er immer, um den Leuten, die hier nichts zu suchen hatten, genau das zu sagen. Doch bei uns war er anders. Bei uns weichte sein Holzgesicht auf und wurde zu einem Grinsen aus handwarmer Knete.

„Hallo, Edgar, welche Zeitung kommt heute?", Markus verlor überhaupt keine Zeit. Doch Edgar verwandelte sich wieder in Holz, streckte die Nase in die Wolken hinein und bestand auf der Prozedur, die er immer durchzog, wenn er uns traf.

„Olala. Sö nischt, meine 'erren. Züerst kömmt daas Lösüngswört."

Wir traten nervös auf der Stelle. Woher sollten wir das denn schon wieder wissen.

„Verflixt!", fluchte Markus. „Alles ist gut!"

„Solangö dü wild bist. Exactement", lächelte Edgar wieder aus Knete. „Und nun, meinö 'erren. Was kann iiisch für Sie tün?"

„Das hab ich dich doch schon gefragt, Edgar verflixt!", schimpfte Markus. „Welche Zeitung kommt heute? Wir brauchen ein Interview."

„Wir brauchen Propalatsch, Kordinat und Senfuhr", unterstrich Joschka.

„Ja, und ein Foto von uns! Also, welche Zeitung, Edgar?"

„Die Tageszeitüng, oh, mon dieu. Sie iiist aber so schreckliisch ördinär."

„Das ist doch super, Edgar", rief Markus begeistert. „Genau das brauchen wir jetzt. Also, was ist? Kriegst du das hin, dass die was über uns schreiben und hältst du meine Mutter, bitte, solange hin?"

Markus sah Edgar aus kugelrunden E.T.-Augen an und der Pinguin war jetzt nicht mehr aus Knete. Der schmolz wie Eis in der Sonne dahin.

„Olala. Monsieur jüniör. Das ist nicht körrekt. Das köstet etwaaas. Das köstet eine Vertrag. Als Ehrenmitglied bei die *Wilden Kerlö*."

Das war gebongt. Zehn Minuten später saßen wir in der Garage, machten das Foto und redeten mit den Journalisten. Die benahmen sich anfangs so wie die *Bayern* und waren fürchterlich arrogant. Doch wir bogen sie um. Nach einer halben Stunde waren sie alle auf unserer Seite und als wir uns ganz normal bedanken und verabschieden wollten, winkten sie ab und grinsten uns an.

„Alles ist gut!", sagten sie nur und „Ja, solange du wild bist!", gaben wir grinsend zurück. Genau so grinste auch Willi, als wir ihn am nächsten Morgen noch vor der Schule in seinem Kiosk besuchten. Grinsend breitete er die noch druckwarme Zeitung aus und zeigte uns unser Foto. Aber das war noch nicht alles! Darüber stand in unserer Farbe, fett und schwarz wie die Nacht:

DIE *BAYERN* SIND DEN *WILDEN KERLEN*
NICHT WILD GENUG!

Wow! Das saß! Das war ein Schlag ins Gesicht. So eine Beleidigung konnten selbst die *Bayern* nicht hinnehmen. Und siehe da, schon zwei Tage später brachte Rocce eine zweiten Brief in die Schule und in dem stand dieses Mal bescheiden und schlicht: „Wir nehmen eure Herausforderung an. Diesen Sonntag um halb zehn auf unserem Trainingsgelände."

Jetzt konnte uns nichts mehr aufhalten. Wir riefen alle Sponsoren an, die uns abgelehnt hatten, und luden sie zu dem

Match ein. Ja, selbst der fette Tabakhändler sollte uns sehen. Das war uns unsere Genugtuung wert. Danach trainierten wir alle noch härter und wir hatten alle unendlich viel Kraft. Uns gelang alles, egal was wir machten, und Erschöpfung war ein Fremdwort für uns. Nur die Schule und die Nacht unterbrachen noch unser Training, und die Nacht wurde jeden Tag kürzer. Wenn es so dunkel war, dass wir gar nichts mehr sehen konnten, holte Maxi ein Juwel seiner Fußballsammlung hervor: Einen phosphoreszierenden Ball, der im Dunkeln orange leuchtete. Und mit ihm spielten wir so lange weiter, bis unsere Eltern kopfschüttelnd auf dem Bolzplatz erschienen, um uns nach Hause zu holen.

Wir waren nicht mehr zu bremsen, und am Freitag vor dem Spiel, als die untergehende Sonne in die Baumwipfel tauchte, erhielten wir endlich unseren Lohn. Willi rief uns alle zusammen und dann holte er einen großen Karton aus dem Kiosk hervor und stellte ihn in unsere Mitte. Einen nach dem anderen rief er auf, griff in den Karton und übergab ihm ein weiches, in weißes Papier gewickeltes Päckchen. Es war wie eine Ordensverleihung oder ein Ritterschlag. Dann erlaubte er uns, die Päckchen zu öffnen, und zum ersten Mal seit einer Woche waren wir atemlos, ausgeknockt, baff. Schwarz wie die Nacht und mit knallorangen Stutzen – hielt jeder von uns überwältigt sein Trikot in seiner Hand.

Willi grinste verlegen und kratzte sich an der Stirn, um seine Rührung vor uns zu verbergen.

„Was ist? Das sind keine Tischdecken. Die zieht man an!“, sagte er heiser und das, das sage ich euch, musste er nicht wiederholen. Keine zwei Minuten dauerte es und dann standen wir da. Mit leuchtenden Augen sahen wir an uns herab, fühlten die knallorangen Stutzen an unseren Waden und befühlten ungläubig das *Wilde-Kerle*-Wappen auf unserer Brust.

Oh, Mann! Auf diesen Moment hatten wir alle gewartet! Als Willi den Fotoapparat herauszog und uns fotografierte, konnte er auf das Blitzlicht verzichten, denn wir leuchteten und strahlten vor Glück.

Dann wurde Willi plötzlich ganz ernst. Er hockte sich vor uns ins Gras und sah uns ganz lange an.

Einen nach dem anderen musterte er und schließlich sagte er: „Ich bin stolz auf euch. Ihr seid jetzt ein richtiges Team und ich hoffe, ihr werdet es für immer bleiben, auch dann, wenn ihr am Sonntag verliert."

Wir fielen aus allen Wolken. Verflixt, was sollte das? Jetzt, in diesem Moment! Wollte er uns allen Mut nehmen? Wusste er nicht, was auf dem Spiel stand? Eine Niederlage war schlichtweg unmöglich. Dann würden wir alles wieder verlieren, wir wären auf Jahre hin ruiniert und Maxis Vater würde die Trikots beschlagnahmen. Doch Willi wischte unsere Proteste hinweg.

„Nein. Denkt bitte darüber nach. Das ist genauso wichtig wie Training. Glaubt mir, irgendwann heute Nacht kommt genau diese Angst. Die Angst davor, dass ihr trotz allem verliert, und wenn ihr mit dieser Angst am Sonntag gegen die *Bayern* antretet, werdet ihr niemals gewinnen. Und wenn ihr mit dieser Angst dann verliert, ist nach dem Spiel alles aus. Dann war alles umsonst und es wird die *Wilden Kerle* nie wieder geben."

Wir waren fassungslos, doch Willi rieb sich die schweißnassen Hände an seinen Hosenbeinen ab und stand auf.

„Los, ab nach Hause mit euch! Morgen ist trainingsfrei. Wir sehen uns Sonntag um neun bei den *Bayern*, und geht ja nicht am Samstag zu spät ins Bett."

Die Mutprobe

An diesem Freitagabend schlichen wir wortlos nach Hause. Und was die Nacht betraf, behielt Willi Recht. Die Angst kam. Am Anfang nahmen wir sie alle nicht ernst. Wir dachten, Willi sei schuld. Er hätte uns diese Angst aufgeschwatzt und am nächsten Morgen wäre sie bestimmt wieder weg. Doch die Angst blieb und am nächsten Tag war niemand von uns für den anderen zu sprechen. Selbst Marlon sprach nicht mehr mit Leon, sondern las lieber ein Buch, etwas, was er sonst im Leben nie freiwillig tat. Doch in Wirklichkeit las er gar nicht. In Wirklichkeit starrte er nur auf die Seiten und merkte selbst nicht, dass er das Buch verkehrt herum hielt.

Später rief einer nach dem anderen von uns bei einem anderen an, doch der andere ließ sich immer verleugnen. Niemand war bereit, vor dem anderen die Angst einzugestehen und jeder dachte nur: ‚Verflixt! Warum hat Willi nur Recht? So werden wir niemals gewinnen.'

Ich hatte den ganzen Tag auf meinem Zimmer verbracht, als mich meine Mutter zum Abendessen rief. Es gab wieder Pfannkuchen und da hatte ich eine Idee: „Mama?", fragte ich,

„Kannst du noch mal der Revolverheld sein?“

Meine Mutter schaute mich überrascht an. Dann zuckte sie mit den Schultern, umfasste den Löffel und sagte rauchig und tief: „Was willst du denn jetzt schon wieder, Junge. Hast du noch nicht genug?“

Ich schüttelte meinen Kopf.

„Nein. Nicht so, Mama. Wir müssen das nicht noch mal spielen. Ich will mit dir reden. Ich mein, richtig, verstehst du: von Mann zu Mann!“

Für einen Moment war es still. Meine Mutter schluckte sogar, doch dann war sie die verflixt beste Mutter der Welt. Sie verstand, und ich konnte ihr alles erzählen: alles über die Angst und dass wir sie loswerden mussten, und wie wir so von „Mann zu Mann“ sprachen, hatte meine Mutter eine Idee.

„Ihr braucht eine Mutprobe“, sagte sie. „Kennst du noch die alte Holzbrücke über dem Kanal? Die, von der du letztes Jahr mit deinem Vater herunterspringen wolltest? Dort müsst ihr hin und zwar auf der Stelle.“

„Aber … es ist doch gleich dunkel!“, antwortete ich ziemlich erschrocken. Die Brücke, von der meine Mutter sprach, war, verflixt noch mal, über sechs Meter hoch. „Wir sollen früh schlafen gehen, hat Willi gesagt. Und außerdem, letztes Jahr hast du fürchterlich mit uns geschimpft, obwohl ich gar nicht gesprungen bin.“

„Ja, letztes Jahr war ich auch deine Mutter“, lächelte sie. „Und ich war heil froh, dass du zu feige warst. Aber jetzt reden wir von Mann zu Mann und ich weiß nicht, was Willi lieber ist. Ob ihr ein bisschen weniger schlaft oder ob ihr euch vor Angst in die Hosen macht?“

Ich schaute sie fassungslos an. War das wirklich noch meine Mutter, die da vor mir saß? Verflixt! Schon bei dem Gedanken an die Brücke wurde mir schwindelig und ich fühlte die Angst, wie sie mir wie kaltes Wasser den Rücken hinab in die Hose lief. Wenn wir dort oben auf der Brücke stünden und uns nicht trauen würden zu springen, könnten wir das Spiel gegen die *Bayern* auf der Stelle vergessen. Aber meine Mutter war der Revolverheld und die sind, das wisst ihr ja schon, einfach erbarmungslos. Wortlos griff sie unter den Tisch und zog einen Rucksack hervor.

„Hier sind Handtuch, Badehose und eine Thermoskanne mit Tee“, lächelte sie. „Du musst dich nur noch auf dein Fahrrad setzen und die anderen holen.“

Ich schluckte, aber ich hatte keine andere Wahl. Ich nahm die Tasche, holte mein Fahrrad aus dem Keller heraus und fuhr los. Ich fuhr zu Marlon und Leon und mit ihnen zu Fabi, Juli und Joschka. Dann holten wir Raban und Maxi ab und zuletzt schleusten wir Markus mit der Hilfe von Jojo und Edgar, dem Pinguin, an seinem Vater vorbei aus der Villa.

„Der Revolverheld hat da eine Idee, wie wir diese verflixte Angst loswerden können“, sagte ich nur, und die anderen nikkten, packten ihre Sachen zusammen und folgten mir blind. Von der Brücke erzählte ich nichts. Ich befürchtete, dass niemand mitkommen würde, wenn er es wüsste. Der Sprung von der alten Holzbrücke in den Kanal war ungefähr gleichbedeutend mit der Erstbesteigung des Mount Everest und das ohne Sauerstoffgerät. Die einzige Chance, die ich hatte, war, sie alle dorthin zu bringen, und dann konnte ich nur noch hoffen, dass keiner kneift.

Mitten auf der Brücke hielt ich an und lehnte mein Fahrrad gegen die Brüstung. Dann drehte ich mich zu den anderen um. Es war dunkel geworden und der Mond tauchte die Gesichter meiner Freunde in die Farbe der Angst. Aschfahl und entsetzt klammerten sie sich an die Lenkstangen ihrer Räder und schauten mich an.

„Du bist verrückt!“, sagte Leon, der als erster begriff, was der Revolverheld von uns verlangte.

„Das ist unmöglich!“, rief Fabi.

„Und was mich betrifft“, klärte Raban alle unmissverständlich auf: „Ich denk gar nicht daran! Ich spring nicht da runter!“

„Okay! Wie ihr wollt!“, sagte ich. „Aber ich werde es tun. Ich hab keine Lust mehr auf Angst. Ich hab mich schon viel zu oft vor ihr versteckt.“

Mit diesen Worten zog ich mich aus und setzte mich auf das Brückengeländer. Dort drehte ich mich noch einmal um. Mein Atem pfiff und ging schwer.

„Wisst ihr, immer wenn ich Angst hatte, hatte ich Asthma. Genauso wie jetzt. Doch in Wirklichkeit hab ich mich nur nie getraut.“

Ich stand auf und sah auf das schwarze Wasser hinunter. Der Mond und die Wolken, die sich unter mir spiegelten, verwandelten den Kanal in die tiefste Hölle der Welt. Verflixt! Ich dachte wie Raban. Ich wollte nicht springen. Ich stellte mir vor, wie ich für immer in dem schwarzen Wasser versank, immer tiefer und tiefer. Meine Knie zitterten. Mein Herz klopfte im Hals. Wieder floss die Angst meinen Rücken hinab. Doch ich konnte jetzt nicht mehr zurück.

„NEIN!“, schrie ich laut und verzweifelt – und sprang. Die anderen warfen ihre Fahrräder weg, stürzten zum Brückengeländer und sahen, wie ich in den schwarzen Fluten verschwand.

Der Aufschlag war hart, und das Wasser war kalt. Aber dann wurde alles ganz weich. Ich wurde leicht wie ein Vogel und schwebte zur Wasseroberfläche zurück. Dort rang ich nach Atem, aber ich hatte überhaupt keine Angst. Das Asthma war weg. Ich fühlte mich einfach phantastisch, und ich strahlte vor Glück.

„Oh, Mann und verflixt! Ich lebe noch! Ich bin nicht in der Hölle gelandet. Zum Teufel, worauf wartet ihr? Das ist echt wild!“

Doch die anderen schauten mich an, als wollten sie einfach nicht glauben, dass ich den Sprung überlebt hatte.

Da schwamm ich zum Ufer, krabbelte an Land und lief auf die Brücke zurück.

„So, und jetzt springen wir alle zusammen. Los, zieht euch aus oder ihr werdet euer Leben lang denken, dass ihr Feiglinge seid. Leon, das gilt auch für dich!“

Ich blickte Leon direkt in die Augen und wenn er sich auch vor Angst und Wut die Unterlippe zerbiss, nickte er.

„Felix hat Recht!“

Zwei Minuten später standen wir alle auf dem Brückengeländer und starrten in die schwarze Tiefe hinab. Ich konnte die Angst der anderen fühlen und Raban, der neben mir stand, ergriff meine Hand.

„Alles ist gut“, sagte ich.

„Ja, solange du wild bist!“, gab Raban leise, aber entschlossen zurück.

Dann sprangen wir alle, und jeder mit seinem eigenen Fluch gegen die Angst, in die Tiefe hinab.

Das Wasser des Kanals schlug über unseren Köpfen zusammen und tauchte alles in Schwarz. Doch Schwarz, das wisst ihr, ist unsere Farbe, und ohne Angst wird man leicht.

Wir schwebten durch das Wasser wie majestätische Rochen und als wir die Wasseroberfläche durchstießen, schrien wir unser Glück zu den Sternen hinauf.

Der Tag der Entscheidung

Der nächste Tag begann gelassen und ruhig. Es war Sonntag und der große Tag der Entscheidung, aber trotzdem waren wir kein bisschen nervös. Um neun trafen wir Willi vor dem Holztor zum Bolzplatz. Obwohl wir nichts über die Mutprobe auf der Brücke erzählten, schien er zu wissen, was passiert war. Er sah es an unseren strahlenden Augen.

„Gut gemacht!“, sagte er nur. Dann fuhr er mit seinem Mofa voran und wir folgten ihm auf unseren Rädern.

In der Säbener Straße betraten wir das Trainingsgelände der *Bayern*. Es war riesengroß und, weil es Sonntagmorgen war, natürlich verlassen und leer. Anfangs wussten wir gar nicht wohin, doch dann entdeckten wir unseren Gegner.

Die U9 der *Bayern* erwartete uns vor der Kabine. Schweigend hockten sie auf ihren Taschen und musterten uns. Sie sagten kein Wort, selbst als wir an ihnen vorbei in unsere Umkleide gingen. Doch ihre Blicke sprachen für sich. Der Artikel in der Zeitung hatte ihren Stolz und ihre Ehre verletzt und sie waren fest entschlossen, das zu korrigieren. Nur Rocce wich unseren Blicken aus und schaute verlegen auf seine Füße.

In der Kabine war es mucksmäuschenstill. Man hörte nur das Rascheln der Kleider, als wir unsere Trikots anzogen, und auch das taten wir so, als wäre es schon tausendmal vorher passiert. Dann rief uns Willi zusammen und gab die Mannschaftsaufstellung bekannt.

Markus, der Unbezwingbare, ging natürlich ins Tor. Davor stand im Zentrum der Abwehr Juli „Huckleberry" Fort Knox. Links und rechts neben ihm spielten Maxi und Marlon, der Mann mit dem härtesten Schuss auf der Welt und die Nummer 10. Vorn stürmten Fabi, der schnellste Rechtsaußen der Welt, Jojo, der mit der Sonne tanzt, erhielt den Vorzug auf links und Leon kam natürlich als Vollstrecker in ihre Mitte.

Dann wandte sich Willi an Raban und mich.

„Habt keine Angst", sagte er. „Heute kommt keiner zu kurz. Sobald Fabi und Jojo die Puste ausgeht, ist die Reihe an euch."

„Und ich?", fragte Joschka enttäuscht.

Willi sah ihn überrascht an. Joschka war drei Jahre jünger als wir und zwei Köpfe kleiner. Er hatte gegen die *Bayern* überhaupt keine Chance. Trotzdem war er zu allem entschlossen. Willi schob die Mütze in seinen Nacken und kratzte sich an der Stirn:

„Du bist mein Assistent", sagte er, doch dass konnte Joschka nicht trösten. Deshalb fügte Willi schmunzelnd hinzu: „Ja, und wer weiß, vielleicht bist du auch unser Joker."

„Was ist das, ein Joker?", wollte Joschka jetzt wissen.

„So was wie die siebte Kavallerie", schmunzelte Willi und damit gab sich Joschka nicht nur zufrieden, sondern er marschierte stolz an unserer Spitze auf das Spielfeld hinaus.

Dort hatte sich die Welt inzwischen verändert. Das Trainingsgelände der *Bayern* war längst nicht mehr leer. Alle unsere Eltern waren gekommen. Ja, selbst Jojos Mutter war da und Edgar, der Pinguin. Aber das war noch nicht alles. Markus rieb sich die Augen und bat mich darum, ihn zu kneifen: neben dem Butler stand seine Mutter und neben ihr stand, was für ein Wunder, sein Fußball verachtender Vater.

„Verflixt!", zischte Markus. „Wenn wir heute verlieren, komme ich an einer Golfprofikarriere nicht mehr vorbei."

Maxi spürte den Blick seines Vaters. Er stand zwischen all den Sponsoren, den Autoverkäufern, Tankstellenbesitzern und Computerfachleuten, und passte auf sein Geld auf. Das Geld, das wir uns von seiner Bank geliehen und mit dem wir unsere Trikots bezahlt hatten.

Doch Leon interessierte das nicht. Er schaute über alle Zuschauer hinweg und bohrte seinen Blick in die Augen unseres wirklichen Gegners. Giacomo Ribaldo, der brasilianische Superstar, lief sich auf dem Nebenplatz warm, und als er Leons Blick spürte, blieb er ganz cool und tat so, als sei er nur zufällig da.

Dann liefen wir auf den Platz, direkt am fetten Tabakhändler vorbei, dessen spöttischer Blick an uns abprallte, wie ein Tennisball an einer Lokomotive.

Wir strotzten vor Selbstbewusstsein und beim Warmmachen und Einschießen gelang uns fast alles. Nach einem Fallrückzieher von Leon unterbrachen selbst die *Bayern* ihr Training, oder war es nur der Pfiff des Schiedsrichters, der uns zum Anstoßpunkt rief?

Die Begrüßung war unterkühlt und der Anstoß gehörte den *Bayern*. Sie begannen lässig und cool. Und lässig und cool stoppte Rocce den Ball. Langsam trabte er aus dem Mittelfeld auf unser Tor zu. Dann, urplötzlich und blitzschnell, kam der Pass in den Raum. Der Mittelstürmer der *Bayern* stieß auf den Elfmeterpunkt zu. Selbst Juli kam da nicht mehr mit, und deshalb verkürzte Markus den Winkel. Er rechnete mit einem Schuss und den hätte er sicher gehalten. Doch der Mittelstürmer spielte nach links und dort schnellte Rocce direkt aus dem Nichts hoch, zog ab und traf in den Winkel.

Danach war es still. Eins zu null gegen uns und das in der ersten Minute. Der Tabakhändler grinste, Maxis und Markus' Väter runzelten die Stirn, und Giacomo Ribaldo trabte zufrieden auf dem Nebenplatz an uns vorbei.

Für einen Augenblick waren wir alle geschockt. Doch dann dachten wir an die Mutprobe an der alten Holzbrücke, liefen zur Mitte und machten uns zum Anstoß bereit. Blitzschnell passte Leon zu Marlon und der schlug den Ball weit nach rechts vorn. Dort rannte Fabi, nahm den Ball mit dem Knie im Lauf mit und stürmte schräg auf das Bayerntor zu. Blind passte er in den Raum. Er musste nicht schauen, wo Leon jetzt stand.

Er spürte und wusste es aus dem Training und tatsächlich kam das Leder auch an. Noch in der Drehung brachte Leon den Ball unter Kontrolle, schlug einen Haken und hatte, das dachte er jedenfalls, freie Schussbahn aufs Tor. Doch stattdessen klebten gleich drei Abwehrspieler der *Bayern* an seinen Fersen. Der Rasen war nicht mehr grün. Überall, wo er hinschaute sah er nur die roten Trikots des Gegners und trotzdem stand keiner seiner Mitspieler frei. Es war, wie Willi gesagt hatte. Die *Bayern* waren mit 28 Mann auf dem Platz, und bevor Leon das alles begriff, hatte er den Ball schon verloren und der Konter der *Bayern* begann.

Wieder lief der Ball über Rocce. Der spielte diesmal nach rechts, und wir rechneten mit der Flanke hart vor das Tor. Doch stattdessen flog der Ball hoch über uns hinweg auf die andere Seite in unseren Rücken. Dort spielte ihn der Linksaußen der *Bayern* mit dem Kopf weiter an Rocce und der zauderte nicht. Er schoss Volley und dieses Mal schlug der Ball unten rechts neben dem Torpfosten ein.

Zwei zu null und noch nicht einmal drei Minuten gespielt. Wir schauten uns an: Das lief ja schlimmer als gegen den Dicken Michi und seine … *Unbesiegbaren Sieger* … und in dem Spiel gegen die hatten wir einfach nur Angst. Eine Angst, die wir seit gestern nach unserem Sprung von der Brücke gar nicht mehr kannten. Nein, dieses Mal hatte unser Rückstand einen anderen Grund. Die *Bayern* waren einfach nur besser. Sie waren eine Klasse für sich und der Kopf und das Herz und der Motor dieser Klasse hieß Rocce.

Heimlich suchte ich ihn und erschrak. Auch Rocce beobachtete mich. Langsam trabte er auf seine Spielhälfte zurück und ließ mich nicht aus den Augen. Aber in seinem Blick lag kein Hohn und kein Spott. In seinem Blick lag Ratlosigkeit und plötzlich knickte sein linker Fuß weg. Rocce schrie auf, ging für einen Moment in die Hocke und dann humpelte er wortlos vom Platz.

„Das ist unsere Chance!“, dachten wir alle sofort, und Leon setzte unsere neue Entschlossenheit um. Statt zurück auf Marlon zu passen, stürmte er nach dem Anstoß selbst mit dem Ball los, direkt in das Zentrum des Gegners, zog drei *Bayern* auf sich, schlug einen Haken und passte auf Fabi nach rechts. Der schoss wie ein Pfeil auf das Bayerntor zu und zog ab. Aus 22 Metern flog der Ball wie an der Schnur, traf den linken Torpfosten, dass es nur so krachte, und prallte ins Tor.

Zwei zu eins und das Eis war endlich gebrochen! Danach hielt Markus zweimal wie Oliver Kahn und dann kam ich auf

den Platz. Ich stürmte auf rechts, wirbelte an zwei Gegnern vorbei und passte zu Leon. Der lenkte den Ball mit der Ferse zu Raban und der bedankte sich nur. Mit dem linken Fuß, so wie gegen die *Unbesiegbaren Sieger*, drosch er den Ball unter die Querlatte ins Netz.

„Zwei zu zwei. Verflixt, jetzt packen wir sie!“, trieb uns Fabi in unsere Hälfte zurück. Doch stattdessen gingen die *Bayern* in Führung. Und behielten sie bis kurz vor der Pause. Da wurde Leon vor dem Strafraum gefoult. Natürlich kam Maxi nach vorn, der Mann mit dem härtesten Schuss auf der Welt, und der drosch den Ball direkt über die Köpfe der Mauer auf das linke obere Eck. Doch der Torwart des Gegners stand nicht umsonst bei den *Bayern* im Tor. Er flog und fing den Ball auf. Doch das war ein Fehler. Maxis Bälle hält man nicht fest. Die faustet man besser und weil Leon das wusste, stand er wie Gerd Müller bereit und grätschte den Abpraller todsicher ins Netz.

Drei zu drei! Ja, so machte es Spaß. Auf jeden Fall uns und unseren Eltern. Selbst Markus' Vater fieberte mit und die Sponsoren traten mit Maxis Vater an Willi heran, um mit ihm zu verhandeln. Nur zwei grämten sich. Der fette Tabakhändler zerkaute schon die dritte Monsterzigarre und der Blick von Giacomo Ribaldo verfinsterte sich von Tor zu Tor. Nach dem Halbzeitpfiff aber konnte er sich nicht mehr beherrschen. Er brach sein Lauftraining ab und marschierte zu seinem Sohn.

Rocces wahres Gesicht

Wir saßen in der Halbzeit um Willi herum und nippten an unserer Apfelsaftschorle. Es gab nicht viel zu besprechen. Es lief alles prächtig für uns. Wir hatten keine Fehler gemacht, und deshalb hatten wir Zeit, um das Gespräch zwischen Rocce und seinem Vater genau zu verfolgen.

Sie waren zwar viel zu weit weg, und wir konnten kein Wort von ihnen verstehen, doch trotzdem wussten wir: Die beiden hatten einen handfesten Streit.

„Was hat er nur?", fragte Fabi. „Rocce ist doch verletzt!"

„Er hat halt Angst zu verlieren!", grinste Leon zurück.

Doch Willi schob die Mütze zurück und kratzte sich an der Stirn.

„Ich weiß nicht. Das glaube ich nicht. Gerade, als Leon das Drei zu Drei schoss, hat Rocce vor Freude getanzt, und ich glaub nicht, dass man das mit 'nem verletzten Fuß kann. Mhm? Was meint ihr?"

„Ich denke, wir sollten gewinnen!", gab Leon zurück und alle anderen gaben ihm recht. Immerhin hingen unsere Trikots und unsere Zukunft von diesem Sieg ab. Wenn wir heute verlören, würde Maxis Vater die Dresse beschlagnahmen und wir wären das nächste halbe Jahr damit beschäftigt, unsere Schulden zurückzuzahlen. Dann wäre es Winter und wir könnten das Fußballspielen bis zum nächsten Frühling vergessen. Das wollte keiner von uns. Auch ich wollte das nicht, aber trotzdem rebellierte etwas in mir gegen das, was hier anscheinend passierte.

„Leon hat Recht“, sagte ich deshalb. „Wir sollten gewinnen. Aber nicht, weil uns jemand gewinnen lässt!“

Dann marschierte ich los. Ich überhörte die Proteste der anderen und ging direkt zu Rocce und seinem Vater. Der zog seinem Sohn gerade den Fußballschuh aus und befühlte den Knöchel, der offenbar unverletzt war.

„Was geht hier ab?“, fragte ich ohne Gruß.

Rocce schaute von mir zu seinem Vater und dieses Mal ließ er sich nicht mehr einschüchtern.

„Ich will, dass die *Wilden Kerle* gewinnen“, sagte er zornig entschlossen. „Dann darf ich bei euch spielen, das hat er gesagt, und das wollte ich schon vom ersten Tag an. Nur er hat es mir immer verboten. Er hat mir gesagt, dass ich nichts mit euch zu tun haben soll.“

Ich schaute von Rocce zu seinem Vater.

„Ist das wahr?“, fragte ich, doch Giacomo Ribaldo, der brasilianische Stürmerstar, hielt es nicht für notwendig, auf meine Frage zu antworten. Stattdessen zog er seinem Sohn den Fußballschuh wieder an.

„So, und jetzt hör mir ganz genau zu. Ich erwarte von dir, dass du spielst, und zwar so gut, wie du kannst. Ist das klar?"

Rocce schaute hilfesuchend zu mir.

„Ist das klar?", wiederholte sein Vater und ich antwortete jetzt für meinen endlich wiedergefundenen Freund.

„Das ist klar!", sagte ich und ließ Rocce nicht aus den Augen. „Wir haben es nicht nötig, dass man uns etwas schenkt. Aber ich habe auch noch keinen Vater getroffen, der seinem Sohn seine Freunde wegnehmen kann."

Ich schaute Ribaldo direkt in die Augen.

„Und ab jetzt ist Rocce mein Freund. Ab jetzt können Sie nichts mehr gegen uns unternehmen. Ist Ihnen das klar?"

Nach einem letzten vernichtenden Blick ging ich zu meiner Mannschaft zurück und wurde von Leon giftig empfangen.

„Was sollte das?", griff er mich an. „Wenn Rocce spielt, werden wir sicher verlieren."

„Ja, das kann sein", sagte ich. „Aber dafür haben wir gerade etwas gewonnen. Markus hat Recht gehabt. Es war Rocces Vater. Er war die ganze Zeit gegen uns. Rocce ist unser Freund."

Leon starrte mich an und er wurde noch zorniger. Doch dieser Zorn galt jetzt nicht mehr mir. Er richtete sich gegen Ribaldo und als ich mich in den Reihen der *Wilden Kerle* umsah, sah ich, dass jeder wie Leon empfand. Dann rief uns der Schiedsrichter zur zweiten Halbzeit aufs Feld.

Das Ende vom Ende

Wir nutzten den Anstoß, und unser Zorn trieb uns an. Selbst Rocce, der jetzt wieder mitspielte, konnte Jojo nicht halten. Der mit der Sonne tanzt, sprang über ihn weg und passte zu Leon. Der stieß wild in den Strafraum hinein auf drei *Bayern* zu. Für einen Moment glaubte ich, sein Zorn würde ihn wieder so dickköpfig machen, wie wir ihn kannten. Sicherlich würde er sich in den sechs Beinen seiner Gegner verfangen, doch dann kam der Pass mit der Hacke zurück und dort lauerte Marlon. Als hätte er eine Tarnkappe auf, war er urplötzlich da und lupfte den Ball lässig und cool über den Bayerntorwart ins Netz.

Drei zu vier. Jetzt führten wir und wir hätten mit Sicherheit noch mehr gejubelt, wenn wir gewusst hätten, dass das das letzte Mal in diesem Spiel war.

Denn jetzt kamen die *Bayern*. Auch sie kannten den Zorn. Sie hatten unseren Zeitungsartikel noch nicht vergessen und sie hatten Rocce. Und Rocce hatte erst in der Halbzeit zehn neue Freunde gefunden. Deshalb spielte er auf wie ein Gott und obwohl Juli überall war und jeder von uns, selbst Leon, bis zur Erschöpfung kämpfte, schlichen wir nach einem Fallrückzieher, einem Kopfball und zwei Flugkopfbällen, drei Volleys und einem vernichtenden Tor mit der Ferse mit einer Vier-zu-Elf-Packung vom Platz.

Ribaldo trug seinen Sohn auf der Schulter und feierte ihn mit seinem Team. Wir aber schlichen am Tabakhändler vorbei. Die anderen Sponsoren waren längst schon gegangen. Auch Markus' Vater war vor der Blamage geflohen, und in der Kabine waren wir endlich allein.

Wortlos gingen wir unter die Duschen. Das warme Wasser tat gut, doch als wir die Kabine wieder betraten, wartete Maxis Vater auf uns und der hatte den Koffer mit den Trikots schon in der Hand.

„Es tut mir Leid", sagte er. „Ihr habt klasse gekämpft!"

Dann ging er mit dem Koffer aus der Umkleidekabine hinaus.

Alles ist gut, solange du wild bist!

Am Nachmittag leckten wir unsere Wunden. Wir lagen vor Willis Bolzplatz im Gras und überlegten uns, wie wir unsere Schulden abzahlen konnten. Ein halbes Jahr mussten wir jetzt alle auf Fußball verzichten. Das war schrecklich und grauenhaft, doch wir bereuten es nicht. Es war unsere eigene Entscheidung gewesen und sie war nicht umsonst. Wir hatten Rocces Freundschaft erkannt und gewonnen. Wir hatten erkannt, wie einsam er war, und dass allein sein Vater die Schuld daran trug. Aber das würde sich jetzt ein für alle Mal ändern, und wir konnten den Montag kaum noch erwarten. Dann würden wir ihn in der Schule treffen und dann blieben uns immerhin noch die Pausen, um mit ihm, auch wenn es sein Vater nicht wollte, in einer Mannschaft zu kicken.

Doch am Montag kam Rocce nicht in die Schule. Sein Fehlen war unentschuldigt, und vielleicht würde er ja gar nicht mehr kommen. Vielleicht hatte ihn sein Vater auf eine andere Schule gebracht, um den Kontakt zu uns zu verhindern.

Traurig und enttäuscht schlurften wir deshalb an diesem Tag heim. Fabi, um seiner Mutter beim Putzen zu helfen. Zwei

Euro fünfzig bekam er dafür. Maxi musste für einen Euro in der Stunde auf seine Schwester aufpassen. Das hieß Vater-Mutter-Kind-im-Barbiepuppenhaus-Spielen für vier Stunden am Stück. Marlon und Leon sollten für den gleichen Stundenlohn ihr Zimmer ausmisten. Raban half seiner Mutter im Büro, in dem er alte Akten im Reißwolf zerkleinerte, und er bekam 10 Cent pro Pfund. Juli und Joschka strichen mit ihrer Mutter Küche und Bad, die von ihrem letzten „Hausputz" noch aufgeweicht waren. Doch sie bekamen kein Geld dafür, das war leider klar. Genauso wie Jojo: Weder das Waisenhaus noch seine Mutter hatten Geld zu verschenken und der Reichste von uns, Markus, war nicht mehr da. Er musste, so wie er es vorausgesagt hatte, seine Zeit ab sofort auf dem Golfplatz verbringen.

Doch dann kam alles ganz anders. Mitten am Nachmittag segelte bei jedem eine Einladung ins Haus und Markus' Vater, der mit seinem Sohn in der Driving Range stand und den Golfabschlag übte, erhielt einen Anruf per Handy.

Eine Stunde später trafen wir uns alle samt Willi und unseren Eltern vor einem riesigen schmiedeeiserner Tor, in einer Straße, die Himmelstor hieß, und in der die Häuser wie Festungen standen.

Elegant öffnete sich der Flügel des Tores mit der Hausnummer 13 und gab den Blick auf ein Gartenfest frei. Überall hingen Lampions, standen Tische und Stühle und auf denen saßen Stars wie Giovane Elber, Pizarro, Roque Santa Cruz und

Oliver Kahn. Sie warteten alle auf uns und applaudierten, als wir uns endlich durch das Tor hindurchwagten. Schließlich erschienen Rocce und sein Vater auf der Terrasse wie auf einer Rednertribüne und dann war es still.

Giacomo Ribaldo räusperte sich und kratzte sich wie Willi am Kopf.

„Ich freue mich, dass ihr gekommen seid", begrüßte er uns, „obwohl ich das letzte Mal sehr unfreundlich zu euch war. Aber das tut mir aufrichtig Leid und ich hoffe, dass ich das mit diesem Fest wieder gutmachen kann. Aber es gibt noch etwas anderes zu feiern. Mein Sohn war lange allein, doch jetzt hat er zehn verflixt gute Freunde gefunden, und was mich und ihn noch glücklicher macht: Diese zehn Freunde spielen auch noch in der besten Fußballmannschaft der Welt."

Er sah uns an und besonders suchte er Leon.

„Ja. Du hattest Recht: Selbst ohne Rocce und ohne einen Sieg gegen die *Bayern* habt ihr es allen bewiesen. Ich hätte es wissen müssen. Zu Hause in Brasilien hab ich nämlich selbst in so einer Mannschaft gespielt. Deshalb bitte ich euch noch einmal um Verzeihung und ich hoffe, ihr lasst meinen Sohn Rocce wieder einen *Wilden Kerl* sein!"

Wir jauchzten und jubelten vor Begeisterung. Rocce strahlte über das ganze Gesicht und stellte den Koffer mit den Trikots auf das Terrassengeländer.

„Tja, und damit wir auch spielen können, ist mein Vater unser Sponsor geworden."

Er schlug den Deckel des Koffers zurück und zog ein Trikot heraus. Wir waren baff. Die Dresse waren noch schöner geworden. Als Rocce sie drehte, konnten wir sehen, dass jedes Trikot jetzt eine Rückennummer mit Namen besaß. Wir raunten und pfiffen und dann applaudierten alle, als Giacomo Ribaldo einen nach dem anderen von uns aufrief, um ihn mit der Übergabe des Trikots zu ehren.

Leon bekam natürlich die 13. Damit zeigte ihm Giacomo Ribaldo, der bei den *Bayern* die 13 war, seinen Respekt. Marlon erhielt die 10, Markus die 1 und Juli die 8, Maxi die 11, Fabi die 4, weil das seine Lieblingszahl war, und Jojo strahlte über die 12. Rocce selbst hatte sich für die Nummer 19 entschieden, die 99 bekam Raban für seine Unberechenbarkeit und Joschka erhielt als Joker ein X.

Zuletzt kam ich an die Reihe und bevor Giacomo Ribaldo mir mein Trikot übergab, bat er noch einmal alle um Ruhe.

„Für Felix hab ich die 7 gewählt“, sagte er. „Das ist eine magische Zahl. Vielleicht liegt es daran, dass ich aus Südamerika komme, aber nach dem, was er für Rocce und mich und die *Wilden Kerle* getan hat, glaube ich wirklich, dass er Zauberkraft hat.“

Der Applaus war begeistert und ich wurde ganz rot. Aber das dauerte zum Glück nicht zu lange. Das Essen war fertig, und die Kellner riefen die Eltern zu Tisch. Die Eltern, aber nicht uns, denn wir spielten Fußball. In unseren neuen Trikots spielten wir endlich mit Rocce zusammen und, das werdet ihr mir jetzt auf keinen Fall glauben: Wir spielten gegen Giacomo Ribaldo, Giovane Elber, Roque Santa Cruz, Pizarro und Oliver Kahn. Ja, gegen die spielten wir, und weil überall Lampions hingen, spielten wir bis tief in die Nacht.

RRRAAAAA
12
4
MARKUS
1
KERLE
WILDE KERLE
WILDE KERLE
WILDE KERLE
WILDE
2002

JOACHIM MASANNEK,
Jahrgang 1960, studierte Germanistik und Philosophie sowie an der Hochschule für Film und Fernsehen, arbeitete als Kameramann, Ausstatter und Drehbuchautor für Film-, TV- und Studioproduktionen.
Er ist Trainer der echten *Wilden Kerle*-Mannschaft und Vater der beiden Fußballer Marlon und Leon.

JAN BIRCK,
Jahrgang 1963, Illustrator, Trickfilm-Künstler, Art Director (Werbung, Trickfilm, CD-Rom), Cartoonist, CD-Rom-Gestalter, lebt mit seiner Frau Mumi und seinen Söhnen, den Fußballern Timo und Finn, in München und Florida.

Band 4

Juli die Viererkette

ISBN 3-8315-0277-3

Juli die Viererkette fällt dem Dicken Michi und seiner Gang in die Hände. Doch auf die Hilfe seiner Freunde, der *Wilden Fußballkerle*, kann er sich felsenfest verlassen.

CD *ISBN 3-8315-2072-0*
MC *ISBN 3-8315-2073-9*

Band 5

Deniz die Lokomotive

ISBN 3-8315-0278-1

Der türkische Junge Deniz kommt neu ins Team der *Wilden Fußballkerle*. Erst nach einiger Zeit lernen die Jungs, dass ein Neuzugang das Team nur stärken kann.

CD *ISBN 3-8315-2074-7*
MC *ISBN 3-8315-2075-5*

Band 6

Raban der Held

ISBN 3-8315-0279-X

Raban hat Angst, dass er zu schlecht für die *Wilden Fußballkerle* spielt und sie ihn nicht mehr im Team haben wollen. Verzweifelt befragt er das große Fußballorakel …

CD *ISBN 3-8315-2076-3*
MC *ISBN 3-8315-2077-1*

Alle Titel sind auch als Hörbuch erhältlich – gelesen von **Rufus Beck**!

Preis pro CD: € 14,90 / sFr 27,10
Preis pro MC: € 9,90 / sFr 18,30